行走的花朵

陈理华　著

北方文艺出版社

图书在版编目（CIP）数据

行走的花朵 / 陈理华著. -- 哈尔滨：北方文艺出
版社, 2019.3
ISBN 978-7-5317-4297-5

Ⅰ.①行… Ⅱ.①陈… Ⅲ.①散文集 – 中国 – 当代
Ⅳ.①I267

中国版本图书馆CIP数据核字（2018）第114094号

行走的花朵

Xingzou De Huaduo

作　者 / 陈理华

责任编辑 / 王　丹　　　　　　　　装帧设计 / 芩默设计

出版发行 / 北方文艺出版社　　　　网　址 / www.bfwy.com
邮　编 / 150080　　　　　　　　 经　销 / 新华书店
地　址 / 哈尔滨市南岗区林兴街3号　发行电话 /（0451）85951921 85951915
印　刷 / 三河市腾飞印务有限公司　开　本 / 660mm×960mm　1 / 16
字　数 / 225千　　　　　　　　　 印　张 / 15.25
版　次 / 2019年3月第1版　　　　 印　次 / 2019年3月第1次印刷

书　号 / ISBN 978-7-5317-4297-5　定　价 / 49.80元

花朵是从泥土里开放出来的

——关于散文集《行走的花朵》的随想

（代序）

在闽北，喜欢舞文弄墨的人很多，但一直以来，乐此不疲，以笔填空人生者，真的不多。

在闽北，散文写得有声有色的人很多，但南方北方，此岸彼岸，各式报刊频频露一小脸者，盘点一下，当有其人。

此人便是陈理华，笔名岭头落雪。

事实上，"岭头落雪"可能比"陈理华"更广为人知。建阳，文脉久远，历史暂且不及一一梳理，仅就当代而言，有荣获鲁迅文学奖的中国作协报告文学委员会副主任、中国报告文学学会副会长王宏甲，有全球首批人文学者考察南极的策划兼领队、中国著名策划人阿正，以及以煌煌大书《大潭书》而名动四方的本土老作家刘建等。

回回罗列，岭头落雪都是这个文学方阵里的主力军之一，不可忽视；年年梳理，岭头落雪都是这个重要的文学方面军乃至于整个闽北文学阵容里的一名女干将。

有些人，对文学心仪，心念，一往情深，却往往囿于眼前的工作、职务、事业……而寄希望于明天或未来，导致文学成为天边的一缕彩霞，美丽而遥远。虽然身在此岸，却心怀彼岸。

而岭头落雪则不是这样的。她一直站立在自己生活和工作的"岭头"村，天天注目文学的"朝阳"，年年感受、拥抱文学的"落雪"——她所有的题材与文字，所有的感悟与情怀，无一不是源自身边……我思我想，我手写我心，我心向明月，我心照沟渠……明月是美的，毕竟是"岭头村"的明月；沟渠也是亲切的，乡土当然格外亲切。

熟悉岭头落雪的朋友，都知道她生活得不容易。但我直到读了那篇乡村美文《母爱是药》，才知道她竟是如此的多难！小小年纪，沉疴多年，是母爱使她走出一个明朗的人生！或许正是这样的人生经历使岭头落雪感受细腻，感觉入微，换言之，岭头落雪敏感于具体生活的每一细节，因而长于发现，锐于体悟，譬如，《为父母做鞋》。

岭头落雪接捧着文学的"落雪"，因而，她的文字往往带有诗意，如《缀满栀子香的天空》《身后菊花淡淡开》……香气是浅浅的，香意是淡淡的，不那么浓烈，也不那么奔放，却更持久，更绵长，也更耐人寻味。或许，最基层的生活最鲜活，也最质朴，而从这些日子里提炼出来的真与善及美更温存，也更简约，像寒冬深夜的微弱的火星，需珍藏，需爱惜。

那么多、那么深切的美，让人心动，这些"行走的花朵"，从生活中来，从"岭头村"来，从泥土中绽放，它们都暗含着一个叫"岭头落雪"的人的生命密码。

李龙年

中国作家协会会员

目录 \ contents

为父母做鞋

　　我没有豪车名宅、华服玉食给父母享受，但一定要每年给他们做一双鞋，让他们从脚暖起，过个暖和、幸福的晚年。

——题　记

　　小时候，家里穷，买不起鞋，全家人的鞋都由母亲一双粗糙的手完成。做鞋时，母亲把洗干净的旧布用米汤浆过，打成袼褙晒干，做成鞋底的样子，再用自家的苎麻细绳一针一线地纳。纳鞋底是体力活，也是技术活，针脚要密要平，密是为了经久耐穿，平是为了美观。鞋底纳好后，做鞋面，鞋面的布是做新衣时剩下的边角料，裁剪好的鞋面经滚口缝合后，缭到鞋底上，一双鞋子就算大功告成。

　　大年初一这天，母亲会早早地把新鞋拿给我们。拿着母亲新做的还留有她手上余温的新鞋，感受到母亲的爱，暖暖的，浓浓的，像春日明媚、灿烂的阳光，一下子把寒冬驱到千山万水之外去了。

　　母亲很辛苦，那时的妇女要出工，为了挣工分要跟男人一样下地干活，所以只能在晚上做鞋。快过年时，一家人的鞋子还没做好，母亲就要加班加点。寒冷冬夜，屋外狂风怒号，我躺在暖暖的被窝里探着头看母亲在煤油灯下低头纳鞋底。静静地坐在床前的母亲，左手拿鞋底靠在大腿上，握锥子的右手，用力地一锥，把厚厚的鞋底刺穿，形成一个小洞洞，然后用针线穿过。沉浸在自己世界里的妈妈，脸上漾出的微笑像一簇美丽的康乃馨。暗淡的煤油灯，把母亲的身影投在墙壁上，像圣母的画像。有时，我忍不住问："妈，冷吗?"母亲把有点儿僵硬的手放到火笼边烤烤，笑着说："做事不冷的。"

母亲做的鞋样子很一般，但每一双鞋都很结实，耐穿。母亲做的鞋就像她的为人一样实在、敦厚，穿着暖和、舒适。

读中学时，年少不懂事，看官家子女穿着从商店里买来的各式各样的漂亮鞋子在校园里摇曳出一抹抹流动的风情时，我羡慕得不得了。也曾向母亲要过胶底鞋穿。记得有一年冬天，母亲真的为我买来一双黑底红花的北京布鞋。

后来工作后当自己买到一双喜欢的鞋子时，倒怀念起母亲做的布鞋来。

一次，我只随便说了句："这买的鞋穿起来真累，还是妈妈做的鞋好穿。"没过多久，一双黑色灯芯绒的千层底布鞋就悄悄地放在了我的床头，上课时换上它，感觉讲课特有精神。此后，母亲几乎每年都要为我做一双鞋。

光阴似箭，母亲越来越老了。岁月在我身上刻下了痕迹，沉淀了年华，褪去了青涩后，我懂得了珍惜父母的付出。怕妈妈受累，我故意把一双鞋一直闲置在那儿，并有意无意地在母亲面前说，再也不穿布鞋了。母亲才没有再为我做鞋。

几年前，村子里的女人开始时兴做鞋，我发现，现在做鞋没有当年母亲做鞋那般烦琐和艰难了。鞋底是从商店里买来的泡沫底，鞋面是穿旧的衣裤、废旧的毛线……

都说鸦有反哺情，羊有跪乳恩。而我无法给父母最高的物质享受，唯有凭借童年的记忆，给他们做一双温暖的鞋。

清简桂花香

一

夜，安静如水，空中那一轮明月，笼罩在一层薄薄的雾气里。丝丝微风拂过头发，拂过月光下的一棵桂花树，淡雅的香气在秋的薄凉里弥漫。风过后有细碎的桂花落下来。"人闲桂花落，夜静春山空。"一句描写桂花的诗就这样不经意间，从遥远的过去，曲曲折折地绕过来，借着眼前满树桂花唱一曲高山流水的绝唱。

山村静静的，听不见一点儿声音。这静是陶渊明"采菊东篱下"时幽雅淡泊的静，是苏东坡"起舞弄清影，何似在人间"时豪放凌乱的静。静对我而言是一种无言的痛。

云从月亮边缓缓移过，些许愁绪从云的身边蔓延开来，这愁绪如一张无形的网，笼罩在心尖上。

喜欢桂花，可能是因为它简约自然，似乡间女子，也可能是因为它无处不在的香。桂花的香和牡丹的鲜艳一样，是很有名气的。因此就有了像雪小禅这样空灵曼妙的女子，为它写下《风动桂花香》的美文；也有歌星，一遍遍地唱着浸染桂香的歌。

今夜，桂花的香味弥散在我的周围，如千里月光推开紧闭的心窗，点燃红尘苍凉。脑海里回想起我也曾一路漂泊，颠沛流离，历尽千辛万苦，从少年到白头，从故乡到异乡，寻找海市蜃楼般的锦绣前程。在饱尝了世间所有苦难，看透人世百态后，行囊里装着的只有母亲桂香般的叮咛与牵挂，这是溢着香气的叮咛与牵挂。

这么多年来，不管世事如何变迁，桂花开放的季节，我总是孤独地伫立在桂树下，把平时沉淀在心里的情感，借助萦绕的花香稀释。桂花薄薄的花蕊里透出一丝丝的怅然，像一位终生不遇爱情的女子，只能在世界的一角独守孤单；像一只折翅的蝶，不知能否飞过那片沧海？

今晚，流年在清秋的夜里唱歌，寂静的音符、忧伤的旋律，一如布满桂香的冷冷月光，照见我无处可逃的寂寞。

二

风在旧梦里吹奏一支曲子，幽幽地遗落在远去的青春里。我站在飘满香气的桂花下，往事瞬间便像秋风吹落的花朵，纷纷赶来。记得，村外不远处有几棵桂花树，桂花开的时候，淡黄的花朵簇拥在绿叶里，一阵风吹过，花香便扑面而至。

那时还年少，充满了稀奇古怪的理想，常和一位叫桂的女子，坐在桂花树下，看天空中飘来飘去的云朵，自己也放声歌唱《八月桂花遍地开》，歌声飘得很远很远，引得许多孩子都纷纷跑来。

有时，母亲会让我们拿上一张席子，铺在桂花树下，风吹过，桂花便纷纷掉落下来，席子上、我们的头发上都是。花朵虽小香味却很浓，我把花抓在手心，闭上眼睛，深深地吸一口气，仿佛要把所有的香气都吸进自己肚子里去似的。被收集起来的桂花，晒干了做成花茶，留着有客人来或逢年过节再拿出来，那时我们又能闻到桂花的香了。纵然秋天远去，可是桂花的香却永远留在平淡的日子里，一天天陪伴着我们。

如今，美好时光早已远去，站在树下，抬头，天还是瓦蓝、清澈、纯粹的，仿佛年少的时光。桂花依然那样浓烈地开着，像那时的心情。

可是，流年不再，青春已逝，感叹之余，内心一片茫然。真是人生如梦，如这清简的桂花香，终究是会随风飘去的。那些被收集起来晾干的桂花，也只是一种记忆而已……

一念之间的得与失

　　家里有一台旧电脑，已经老得不能用了，我下决心要卖了它，让逼仄的房间宽敞些。一天特意找到收破烂的人，问："旧电脑怎么收？"他说："给你天大的价，也只值三十元。"想想一台电脑卖那么便宜，拿去以旧换新也比卖了强。这么一想也就没有卖它，将它扔在房间的一角，很快就将这事忘到九霄云外去了。

　　昨天中午，正要吃饭，听得门外有人大声叫着"收破烂"，猛然间记起自己有一台要处理的电脑。一问，对方报出五十元，比上次那人多给二十元。机会来了，放在那儿难道还能成古董吗？钱到手后，心里暗暗高兴，还好上次没有轻易出手。

　　傍晚，一个人到河边散步，看看风景，顺便也看看有没有自己中意的石头。走过了一座大桥，不知不觉间就往一座捞沙厂走去了。远远地看见被捞起来的一大堆一大堆的沙石，心想："会不会有好看的石头呢？"

　　到了那儿，我围着沙石堆转了一圈又一圈，什么也没有，有点失望。回头见一竹林边有几间简陋的房子，房子前有不少石头堆在那儿，知是捞沙人捡来放那儿，等爱石者来买的。在这堆石头中，有一块大石，样子有点儿像鳄鱼。这石头如果仅仅是鳄鱼的形状是引不起我的兴趣的，真正吸引我目光的不是它那似是而非的样子，而是我这肉眼看去觉得它很像一块化石。化石，那是经过几亿年时光慢慢沉淀下来的珍宝，是十分难得的东西。一时间，头脑发热，萌生了买下它的愿望。

　　跟老板娘讨价还价，最后以三十元的价格成交。石头买下了，问题又来了，这么重怎么拿回家去呢？我可是空手来的。

于是请老板娘用她的自行车帮我把这石头送到马路边，我在那儿等，有熟人路过，再搭车回家。老板娘欣然同意了。

站在马路边见不到人来人往，一眼望去路上静悄悄的，人都没有，更别说熟人了。等待中，天色已渐渐暗淡下来。暮色笼罩中，有飞鸟三五成群地掠过头顶。此时我有点心急，要这样漫无目的地等到什么时候呢？正在我不知所措时，终于看到一个杀猪的骑着摩托车路过，我一招手，他便停了下来，看到我的状况，他很是爽快地送我到家。

一到家，我立即把石头发到网上，让对石头很有研究的天地一角老师看，谁知他看后说："不是化石。"

一听说不是化石，我心都凉了，为自己的无知而懊悔。一角老师大约猜到了我的心理，就宽慰道："就当是交一次学费吧！"我想也只能这样了。接着他又说："刚玩石头，对石头不够了解，以后还是不要去买……"

卖破烂和买石头这两件事，使我明白了：人生的许多事，比如荣与辱、得与失、欢喜与悲伤，有时也就在一念之间。

鼠曲奶奶

那一年，我在一所距家约二十里路的很偏僻的小学教书。麻烦的是，那是个在水一方的小村子，想走出或走进村子必须坐船。

第二年春天，整整一个季节，几乎每次都会遇到一位背一大篓鼠曲草，头发花白，背微驼的瘦小老太太。

一次我快走到河岸时，听得一阵"船呀船"的叫声，当我顺着羊肠小道走到河边时，老人望了望我，自言自语地说："老吴头，又跑到自己的菜地去了。"说完便气呼呼地坐在了一块巨大的岩石上。

过了好一会儿，总算看到艄公慢慢地把一只小木船无声地划过来，船快靠岸时老太太开始吃力地背起背篓。我终于忍不住好奇心，问："老奶奶，采这么多吃得完吗？"老太太也不说话，停下动作，只朝我颔首微笑。那笑像盛开的朵朵鼠曲花，平和亲切，在春日夕阳下泛着淡淡的金色光芒。微风把几根垂在她脸颊上的白发吹得轻轻飞扬，好像是在诉说她曾经的悲伤。艄公用竹竿固定好船，跳下船帮老太太把背篓提到船上，然后边撑船边对我解释："她对鼠曲草有一种生死之爱。"

为什么会对鼠曲草有生死之爱呢？鼠曲草只是一种平常的草，又不是什么救死扶伤的药。艄公对着老太太努努嘴："你问她！"老人却把头扭向一边，不愿回答。见此情形，我也不好意思打破砂锅问到底，带着一个谜团，回到学校。后来同事告诉我，她叫鼠曲奶奶。1960 年时，她的父亲和她六岁的女儿被活活饿死。葬完他们后，她也昏倒了。是一个男人不知从哪里找来一小把鼠曲草，捣烂后让她吃下她才活过来的，谁知救活她的男人随后也死了。

老太太对这种救命的草情有独钟，一到采鼠曲草的季节，就拼命地采，做成粿，或把草拌到饭里。吃不完就晒成干，大袋小袋像宝似的装起来……她把一种思念和生活的悲苦都采来，晒成干，变成美味。

老太太特别善良，改嫁到这个村子，生下了一大堆儿女。搞生产队时凭人口分粮，很多人都不够吃，青黄不接的日子，她常拿出白米给没米下锅的人。

老伴儿过世后，满堂儿孙不让她采草，她还是天天采呀采，晚辈们也只好由她去。孙儿告诉她，在丰衣足食的当代，鼠曲草不再是饥荒年代的救命之物，但她怎听得进！老人过世时从她住的地方丢出了上千斤干草来……

时常漫步在长满鼠曲草的小路上，看那些柔弱平凡的草，千秋万代地把根扎进贫瘠的土地，它们多像那个不肯向命运低头的鼠曲奶奶。凭着韧劲和一颗真诚的心，悄无声息地寻找属于自己的生命中的养料……

缓缓流淌的小溪水，像轻轻拂过发际的音乐，在原野的眉尖上舒展，流过我沧桑如烟的岁月。心的涟漪，正一圈圈扩散……

恍惚中记起了冯至的诗：我常常想到人的一生，便不由得要向你祈祷。你一丛白茸茸的小草，不曾辜负了一个名称……我向你祈祷，为了人生。

母爱是药

自从我得病以来，不知道母亲到底为我找了多少草药，只知道我的胃成了中草药的集装箱，装着装着就能装订成一本厚实无比的《本草纲目》。

那些年，母亲不是天天费尽心血找草药，就是到寺庙里求神拜佛，祈求佛祖的庇佑。而那些带有花草和树木或清苦、或芳香味的药汤，就像阳春三月明媚的阳光，足够让生命垂危的人感受到一股蓬勃向上的暖意。

也是在那时，我知道了苦菜根、芦花、白花映山红、柳树根、甜钩根等这些平常之物，都有着治病救人的可贵功效。

沉疴病体，早已让我晨昏不辨、记忆残缺、精神萎靡，心灵在惘然和不知所措里游荡。那一碗一碗被母亲熬得乌黑发亮的药汤被端来，我一仰头，一股脑儿地倒入像无底洞的肚子里去……因为我深知母爱会随着药液不分白天黑夜地流淌在血液里，烙在血管上。

其实，那些被说得神乎其神的草药，我并不相信。只是，我明白那些花花绿绿的草或根，是母亲希望我活下去的心。

母爱的无私，足以让母亲随时准备着为女儿付出一切。在一种病急乱投医的情况下，只要有人说他懂得什么草能治我的病，母亲就会去求人。平时，助人为乐的母亲只要知道谁的病需要她知道的草药，总是第一时间采好送上门去。而一些人并不像她那么善良，当她的女儿生病了，许多草药是要用钱去买的，一剂，少则十几二十元，多则上百元，这在我看来总有点乘人之危的意思。

不管药能不能治病，母亲总是傻到很乐意掏钱的地步。大约她是抱着花钱消灾的思想去买的吧！

母亲勤劳，动作利索，从不偷懒，大家都爱找她。我深知母亲挣钱辛苦，在物价高涨的今天，她去给人做工，一天十几个小时下来，也只挣那么二十几块钱。我生病那会儿，母亲干上一天，也就十元。如此辛苦挣来的钱，她舍不得吃舍不得穿，却如此大方地为我掏钱买药，她不心疼我心疼。

我劝她，少花点冤枉钱吧。她总说，钱挣来就是在世上用的，又带不走。母亲很轻的声音里有一丝无奈和对无情命运的担忧，但在病中的我听来是那样有分量，那是一种抗拒不幸命运的铿锵之韵。母亲的付出，让我觉得不活下去就对不起她老人家。

还有母亲找药时的艰辛，也让我心生惭愧。当然，我是从她不经意的言语中知道药难找的。有一种草药细如发丝的根须不多，主茎还没有火柴梗粗，茎有一丁点儿微微的红，所以叫作红根子。这草不容易找，因为它总是像喜欢独居的人那样，东一株，西一棵的，有时走上几里也不一定能遇上一株，更可恶的是要半斤以上塞到鸡肚子里去炖才有效。这是教她的人要求的。

可为了给我治病，母亲并没有被这些困难吓倒。采药时，她总是天一亮就动身到山野里去，往往要到天快黑了才回来。

"母亲，这么难找，别找了吧！不一定有用的。"可母亲不听，坚信是药就有用。

有时我想，我之所以现在还好好地活着，是因为母亲的爱。是母爱让我有了一定要活下去的勇气与理由。

所以，我说最温柔、最有效的药是母爱，她能把儿女心中最干燥、荒凉的土地滋润，并让其生长出最锦绣的年华来。

岁月流芳

　　谢公名麟，北宋进士，福建瓯宁人，也就是现在的建阳人。北宋时期，任荆州刺史。在他的故里塘楼原先有一座谢麟祠，"文革"时遭毁坏。在历史的沧桑烟尘中，后人似乎已忘记了这位先贤，好在透过蓝天白云下的芳草衰烟，故乡似乎在静静地等待与这位先贤的一段奇遇。

　　终于，2004 年建阳谢氏宗亲专程赴黄山大顶迎回谢麟公香火，并决定重修墓地和公园，地址选在伊宅的金山垅。历史总算记起了他。经过一年的艰苦努力，终于建成了中国古典与现代艺术相结合的谢氏家族陵园。陵园占地三十多亩，园内主建筑有：谢麟公墓、谢麟全身石雕像、石雕牌坊、祖先纪念堂、功德坊、凉亭、金鱼塘、花岗岩台阶、停车场、水电排水涵道，以及道路硬化等基础设施。落成后，坐落在烟尘中的谢麟陵园，显得灵逸、庄严、气派。

　　北宋是个风雨飘摇的朝代，在军事上很弱，没有精兵强将，只懂得一味求和；在经济上很强，是个善于打经济仗的王朝……数百年前，谢麟就是在这样一个弱与强并存的时代背景下，从闽北家乡出去，到湖北为官，抒写他精彩的人生。

　　如今在湘鄂边界的一些地区，还有很多谢公庙，供奉的菩萨名曰谢公真人，也有称谢公爷爷的。经考证，此人是北宋徽宗年间荆州刺史谢麟。谢麟公因勤政爱民而受到这一带人民的世代供奉和祭奠。有关他的那些神话传说和一座座庙宇，真实地反映出人们对谢麟公的敬仰之情。谢麟公早已成为人们打击邪恶、伸张正义的精神寄托，成为当地人的保护神。

走过宋的风雨，跨过元的栏栅、清的阴霾。带着天南地北的尘埃，伴随晨昏日落，谢麟公的美德有如阳春白雪般明净，云水禅心似的通透。阳光的碎片散落在新建公园的花花草草和亭台楼阁上。群山之间那轮冉冉红日，已然再现盛世辉煌，香火在光阴里粲然。

站在人生长河的岸边，任清风吹着思绪，时光因此而变得悠长宁静。回眸谢公公园，此时没有一个人影儿，显得那样的空旷和神圣。

朱源寺

朱源寺，坐落在小湖西侧南麓山腰处。该寺始建于南唐保大年间（943—957），占地约 2000 平方米。"文革"中遭到破坏，后由民间出资进行全面修复。

李家钦老师要我去了解朱源寺的碑文是否与朱熹有关。接到老师的短信后，一来忙，二来听说那里在大兴土木，所以没有去。

但几年前去了一次，记得那年上山时已是深秋，那色彩分明的秋色，让人遐想、沉醉、流连忘返。山野寂静，一条小溪流淌着，山间弥漫着淡淡的野草与野果的气息。沿着逶迤的路，穿行在浸染着香火和传说的山水中，拣拾烟云深处散落下来的一些历史碎片。

走了一段路，到了朱源寺，寺院静静地立在山脚，门前的菩提树也静静地站着，纵然孤独如风，却浸润着檀香的味道。寺院路口的梯田里有无数的枯莲在秋风中瑟瑟舞动。这是一座藏在深山里的寺院，唐朝时叫铁坑寺，后来改叫朱源寺。

朱源寺属于葛墩村，村子里的老人说起朱源寺的传说来如数家珍。他们说朱熹少年时期曾在这儿苦读。我想也许这就是铁坑寺改成朱源寺的理由吧！那著名的《观书有感》会不会就是在这儿写的呢？于是我就多情地认为，"半亩方塘一鉴开，天光云影共徘徊"写的就是朱源寺门前的景色。

朱源寺这个名字是不是在告诉我们"问渠那得清如许，为有源头活水来"的深刻启示？是朱熹在这儿读书时悟到的吗？这里就是朱熹理学的源头活水吗？大学者朱熹的读书感悟，以及心灵的澄明，都是从水塘和云影的映照中得来的。在朱熹的读书岁月中，总有像活水一样的书源源不断地给他补充新知……当然，这只是我的一种猜测而已。时间从春到秋，又从秋到春，不知这期间发生了多少翻天覆地的变化。此时，红尘已远在身后，那些寻不回的记忆、找不到的故事，就让它随着风儿消散吧！

从前朱源寺的大门上的对联写的都是有关读书的内容。"文革"后重修时，大门被拆，对联被写在木头板子上，连同一张巨大的写着密密麻麻字的木质古老牌匾，一起被放在楼上的某个角落里。寺里曾经有一块大大的石碑，"文革"时石碑被抬去做涵道，埋在厚厚的泥土下。也许某天，那块石碑会被发现，这样，我们就能从字里行间寻找朱熹当年在这里的证明，也或许石碑记载着朱源寺更早的历史。

当我一脚踏进朱源寺的大殿时，我感觉佛槛并不是那么高，凡人只要轻轻一步就走进了历史。站在那儿与菩萨对望时，灵魂深处那明灭的烟火、纷杂的思绪、波涛般起伏的心情，立刻会变得风平浪静，辽阔深远。

钟鼓唤醒的晨昏，香烟缭绕的寺院，悠悠地讲述着千百年的风雨故事。

谁来给医德 "挂瓶"

　　周末去城里玩，侄儿正感冒，发高烧，图方便带他到社区诊所。诊所很小，约四十平方米的地方，拥挤、杂乱，却有很多人或坐或躺地打点滴。

　　医生很忙，四十出头，长得不错的女性。等了一会儿，轮到我侄儿了。

　　医生问："什么事？"

　　"发烧。"

　　她让孩子张开嘴胡乱看了下，就开始写药方：挂两天瓶。

　　我知道能不挂瓶尽量不挂瓶的道理，忙求医生别挂，能不能直接打针，医生很坚定地说："这是流感，不挂瓶烧退不下来。"

　　挂就挂吧，在"人为刀俎，我为鱼肉"的现在，医生都这么说了，只能这样了。记得村里的老会计曾说过，这世上医生是最得罪不得的人。孩子挂完瓶回家吃药，烧退了。怕再次发烧，第二天瓶还是要挂的。因为是上午，人更多，到处都是人，密密麻麻，像春运的火车厢。好在有一个小女孩已挂完瓶，正好空出一把椅子。我好奇，一数，竟然有三十几个挂瓶的人。

　　这时听得一位挂瓶的老太太抱怨："我没感冒在这样的地方也要感冒了，这么多人。"一位男士说："医生喜欢，不挂不行！"另一位母亲马上说："挂瓶好，挂瓶病好得快。"

　　我注意到，医生来者不拒，无论老少，不管病情，一律挂上。两个小护士忙得不可开交。难怪有报道说中国人每人每年平均要在医院挂八瓶液体。

　　从城里回到乡下第二天，随我读书的外甥女朵儿也发烧了。一量，四十摄氏度，吓得我不轻。马上带到乡医院，接诊的是一位年轻的男孩，看样子刚从学校出来不久，姓林，忘记问他叫什么了，打了两针，开了几包药，就好了。

　　同样是感冒，侄儿花了八十几元，小外甥女花了二十几元。看来，小小的感冒并不一定非要挂瓶，但医生的医德如果病了，是一定要挂上几瓶的……

　　可是，谁来给这些医德病了的医生"挂瓶"呢？

花的命运

一

校园里有一棵树，一直弄不明白它叫什么。春天一来就开出粉色的花，花朵很小，也不多，一点儿也不起眼。倒是花开后长出的叶子很特别，紫红色的。

今年春天，连绵的雨下得人心烦意乱。某日，细细的风，拂去迷离，吹来淡淡花香。原来，那不知名的花又开了。见到它有种梦醒般的惊觉和久违的欣喜。春到了，踏雾而来，零零星星有点湿漉漉的柔软的花儿，不争艳、不浮华，平平淡淡，在喧闹校园一角悄悄仰着脸。这繁华中的沉静，如踏破惊鸿的无声流年。

岁月安然，久居尘世一隅，一任无情风雨无痕地划过额角。风住尘香，淡蓝的天空中带着苍凉，仿佛是搁浅的往日忧伤。而心中一切恩怨或某种说不清道不明的希冀，都在漫长的无奈中淡了，轻了，微不足道了。

可自从邂逅这树花的刹那，心底便有了一份莫名的牵挂与欣喜。看，那些小小花朵，正在我的注视下摇曳，为生命奏一曲歌谣。它们如堆砌的文字，用星星点点春色，抚平尘世心酸……

真想不明白，早已习惯在纷扰红尘中穿梭的冷漠过久的心，居然会为一树并不唯美的花而感动，如古井般寂静的世界不可思议地微微悸动了一下。

那么，何不乘此春暖花开之际，嫣然一笑，走进春天，张开双手，拥抱蓝天白云，听阡陌歌声缥缈，做一个清浅的梦。

二

春天到了，张开眼望去，满世界都是兴高采烈盛装打扮着的花儿。

风轻轻走过之后，听见细细的倾诉和透明的呼吸，静美的花儿，用或浓或淡的色彩，点燃一盏盏蔓延千年的灯盏，点亮了无边的春色。

尘缘中的花瓣，紧紧裹住三月的梦幻。

远方，像画家淡墨勾画的青山，又像花儿们的归隐之地。

岁月把沧桑镌刻在眉角，风的影子，在每一朵花里，缓缓而来，斑驳间褪去芳菲。一些来不及开始或还没有结束的故事，静静地藏匿在散落一地的碎瓣中。

从前一直不知道，灿烂的季节里五彩缤纷的花儿是如何轰轰烈烈地走进出嫁的队伍，如何把自己嫁给大地的，如今才知，花儿也是按照自己的秉性来生活的。

一株灿烂到极致的夭夭桃花，立于篱落稀疏的小园的一角，与美人笑脸绵绵几千年，演绎了一曲动人的爱情故事。

洁白无瑕的梨花、抱香枝头的菊花，以及出淤泥而不染的荷，都代表着一种坚贞不屈的精神……

所有的花都是有宿命的。

那点着灯笼的花

黄精，给了童年时的我无限美味享受的东西，也给了我无私的爱和无穷的力量，给了我童话故事，更是我的灵丹妙药！它开出的花像一个个晶莹剔透的灯笼，把我童年弯弯的小路照得透亮透亮。

——题 记

我自小体弱多病，为了我的身体能健健康康，每到漫山枫叶被秋霜染红的季节父亲就算是再忙都要到山上去挖黄精来给我补身子。这是那个年代能找到的最好的补药了。

父亲常常在挖来黄精或看着我津津有味地吃黄精的时候，慈爱地对我说："人家'黄精丫头'吃了黄精都能健步如飞，我家丫头吃了我挖的黄精身体也一定会慢慢强壮起来的！"父亲这朴素无华的话语，说得我心里暖融融的，刹那间小小的心房就好像被一片浓浓的爱包围着！

后来我从药书上才知道，黄精味甘性平，具有宽中益气、坚强骨髓、充盈肌肉，使白发变黑之功。

父亲上山挖黄精，选的都是晴天，一般天还没亮就要起床，这时母亲早已把热气腾腾的米饭准备好了。如果运气好的话，父亲就能在天快黑的时候背着一篓沉甸甸的黄精回来，但也有空手而归的时候。

挖回来的黄精，由母亲拿到水沟边细细地将泥沙洗净。然后把炉膛的火烧得旺旺的，大半锅的水在农家小屋里冒着热气。母亲手脚麻利地把一根根刚从山上来到我们家的黄精码到蒸笼上用大火蒸，蒸得满屋生香，连大半个村子都笼罩在这种奇特的香气中。蒸熟后拿到瓦顶上去晒。晒黄精与晒别的东西不同，夜间不用收，就放在那儿一直让它晒着。晒干后又拿去蒸，如此反复七次。到这时一根根如大人拇指般粗细、淡黄色、半透明、浸满天地之灵气吸收日月之精华的黄精，就成了我最最爱吃的零食了。拿一根咬下去，甜甜韧韧的，很有嚼头，牙齿忙嚼几下，顿时口齿生津，我喜欢得不得了……

记得有一次也是去挖黄精，回来的路上，父亲一不小心在一块岩石上摔了一下，身上几处被碰伤，最明显的是浓浓的眉毛上边裂开一道约一寸长的口子，回到家时伤口还在一滴滴地渗着鲜红的血，母亲赶紧在家中的壁板上找了个"壁劳衣"给贴上。

看到父亲受了伤，我就赖在父亲的怀里，用小手去抚摸那贴着蜂蜡和黄纸的伤口，一遍遍地问父亲："痛吗？痛吗？"父亲笑了笑，说："别担心，不痛的。丫头，父亲给你讲个黄精的故事吧！"接着父亲就娓娓讲了起来，听得我如痴如醉。

从前有个叫黄精的丫鬟，因为忍受不了地主老财惨无人道的虐待，在一个月黑风高的夜晚，趁那一家人不注意时，偷偷跑到深山老林躲了起来。后来，这黄精姑娘被上山采药的年青后生碰上了，年青采药人很是惊讶，因为骨瘦如柴的黄精在这样恶劣的环境里生存，不但没有饿死，反而变得唇红齿白、楚楚动人，如山花般美丽。更让采药人称奇的是，那黄精姑娘在山上两年多的时间，已变得身轻如燕、行走如飞，好像是得了武林高人的真传，学了什么绝世武功似的……细问起来，采药人这才知道，黄精姑娘之所以有这样的好身手，全都是因为她无意中吃了一种还没被人发现的草药，后来那个采药人就把这种草以姑娘的名字——黄精来命名了。

卖春联的女人

　　年关将至，小镇上人骤然多了起来。路两旁到处摆放着卖春联和年货的摊子。一张张红彤彤的春联和门神让年味更加浓得化不开了。就连那些在街头挤来挤去的人们脸上也大多洋溢着节日的喜气。

　　在人头攒动的街头，听到有人叫我。一看，街角处有一个四十出头的女人一手拿着一叠春联，一手向我挥动着，一张纯朴的脸正冲我笑。女人光着脚站在一大堆春联上，背后墙上还挂着一大排红红的春联，她的头发有点凌乱，身上衣服洗得发白，像松树皮蒙上了一层霜。阳光透过屋顶斜斜地照在她的春联上面，红通通的，有一种摄人心魄的美丽。耀眼的颜色把女人那张沧桑的脸映得多了几分喜色。

　　好熟悉的面孔，是谁呢？这时，我发现女人下巴有一粒小小的红色痣，才猛然间记起她是曾经的同事水常绿。

　　说实话，看到她我有点百感交集，这是个苦命的女人。可此时，她的阳光和宁静，以及大冷天光着脚卖春联的样子，着实让我感动。我感觉眼里有一种湿漉漉的东西在涌出。

　　水常绿的男人是皮革厂工人，男人上班她打工，日子过得紧巴巴的。男人下岗回到村子放牛，她也一同回村。那年幼儿园正没老师，她上过初中，就请来上课。学校与她家隔着一座大山，在学校时我住里间，她和儿子住外间。在我们这一带的小乡村里，小学和幼儿园一直在一起，幼儿园的老师也算是小学老师中的一员。近几年幼儿园才转为私人承包，但上课用的还是学校校舍。她特别尊重我，有很多知心话说给我听。说她的苦、家的清贫、男人的老实、儿子的顽皮、婆婆的势利……我常跟她开玩笑说，这才是嫁鸡随鸡，嫁狗随狗。

在学校里她为人谦逊，关爱学生，有不懂的地方喜欢向我请教。一次，在校门口的小店里，她因为琐事与一个女人发生了不愉快的事，那女人的老公不分青红皂白地捞起一条长凳毒打她。她被打得头破血流，还断了一根肋骨，在医院住了半个多月才出院。

从此她再也没有来上课了，而是到镇上与人合伙开了一家小吃店。本以为以她的勤劳和吃苦能把这份生意做下去，哪想她的男人得了白血病，这对本来就贫穷的家来说更是雪上加霜。

我是在她男人去世后才知道这个不幸的消息的，曾多方找过她，但都没找到。后来听说她带着儿子在城里打工，想去看看，却不知她住哪儿。

真的看到她，站在她的对面，千言万语一时不知该如何开口。停了好一会儿，才小心翼翼地问了一句，谁知话才开了个头，就像打开了她的痛苦之门似的。她话还没有说，一滴滴泪已经顺着那张粗糙的脸流了下来，落在脚下泛着金光的春联上。这落下的哪是泪啊，分明是她那支离破碎的生活……

我忙说："别伤心！别伤心！"她望着我痛苦地喃喃地说："钱花完了，人若在也好……"

怕触到痛处，偏触到痛处，这大过年的，我想转移话题，马上改口问："生意还好吧？"

问到生意，她用一只冻得红红的粗糙的手胡乱地擦脸上的泪水，苦笑着动了动厚厚的嘴唇："刚开始做，不知道春联是要早去批发才便宜。我去迟了，批来就比别人贵一倍。"

"儿子呢？在哪读书？"一说到儿子，女人才转悲为喜，轻轻叹口气："成绩还可以，初三了，准备让他考个中专或学门手艺，靠我这起早贪黑也挣不了几个钱。男人过世，还欠着别人钱。"

"想开点吧！孩子就是你的未来和幸福，不用担心，好日子会来的。"正好这时有一群女人要买春联，她忙笑脸相迎，又不忘侧过头对我说："我要忙了！"

看着她忙碌的身影融化在喜庆的色彩中，我在一边沉默着。

尽管天寒地冻，但她有自己要坚守的岁月，这坚守让她在与命运的搏斗中坚强起来。但愿冬日温和的阳光能让她忘却心中所有的痛苦与不幸。

行走的花朵

一

时光流转，岁月如烟，一树梨花，在春天深处，撑起一片玉洁冰清的天空后，将纯洁无瑕的花瓣撒落一地，缕缕清魂飘散在旷野。

梨花在纷纷扬扬飘落时，始终保持着花开时的静默，茫茫之中是谁的手在牵动这片曼妙的迷茫与忧伤？远至天边的那一抹孤云可是这片纯洁的花朵的泪水凝聚而成的？梨花是不是要让所有心事的蕊，凋落沧桑岁月留在心底的故事？从此以后，一颗心就静静地守候着一份没有色彩、没有蜂飞蝶舞的安宁，而后沉入一种前所未有的静谧中。亘古不变的时光在岿然不动的脚下悄然无声地流失，任春山远处，夕阳几度。

静立在这棵巨大的梨树下，不可思议地爱上了这悄无声息的美丽死亡，就如同"粉淡香清自一家，未容桃李占年华"中如公主般高贵、素雅、鲜活地绽放在簌簌风中的花朵一样。为此，我在《那些铺设在我梦境的梨花》一文中，用尽了好词好句，为的是希望这些"质本洁来还洁去"的梨花，有朝一日也能把我在愁思郁结时发出的声声叹息，带入远离红尘喧嚣的空茫中去。

二

其实自懂事起，心里就一直装着自家园子里那片白得无可比拟的梨花。记忆中好像天下的梨花全都是为我一人而开，为我一人而谢的。高贵、纯洁的梨花不仅在童年，还在成年的梦中，编织了一个又一个洁白的童话，同时还在一颗纤尘不染的心里保存着一个永恒美丽的梦。那样的日子，心中充满对未来的憧憬和向往，多美啊！

每当春天从指缝中流出温暖的气息时，梨花就无忧无虑地开在旷野，绽放在田间地头，这时候，只要看一会儿梨花，疲惫不堪的心灵就能得到温暖，就能生出缕缕无言的感动。有时迷迷糊糊之间，甚至不知道是我坐在春天的窗前想念一片梨花，还是千树万树梨花因为想念我才款款而开。那些花与蝶交织出的一首首词与曲，也让我痴迷，让我沉醉。

旷野沉寂无语，静看花开花落，一颦一笑，皆是安然与自在。我多想在一地落花堆胜雪的树下，轻弹一曲清婉低缓的高山流水，于暗香浮动的芬芳中倾诉心中的苦闷，将生活最暗淡的日日夜夜埋入似有若无的花香中，让三月弥漫的烟雨，润泽孑然的身影。

更多的时候，则喜欢什么也不想，就那样静静地坐在春天的身边，与独一无二楚楚可怜的梨花面对面。在和煦的阳光下，风轻轻拂过耳际，听细细微微天籁般的声响。这和风细雨的季节，新生命的希望，就这样从看似了无痕迹的春之心房里轻轻洒落。顷刻之间，内心最柔软的部位，仿若有一粒经过静而漫长等待的种子，生根、发芽，肆意地把生命的触须伸向四面八方，随心所欲地冒出青葱的叶片，开出五彩缤纷的花朵，吐出淡淡清香。草尖上的露水，柔美而纯净。这阳光下的苏醒，像散文高手一行行一句句流露出真情的文字。

时光深处沉淀的伤感，陷落在苦难中的叹息，在这三月的和风中，也跟着一点一滴地温暖起来。于是，心静如水，红尘中所有纷繁复杂都归于身后，心在一种流连忘返的沉沦中，忘记所有的伤与痛。胸膛里涌动温暖，涌出对大自然浓浓的爱意，冲动地为一株纤弱的小草，一朵初绽的花儿，写一首诗，或唱一支歌，抚慰曾经沧桑的灵魂……

三

常常觉得，现实是漆黑一团。人生是一场劫难，是一次精神和肉体的苦旅。命运的冷眼中，有多少等待、挣扎和委屈，无法向人诉说。

今天，这个温暖的日子，有阳光的下午，流光溢彩的岁月，我独爱这碎了一地的洁白。蓦然间，有一缕暗伤涌动，怆然划过身体的某处，心开始隐隐作痛。

人世的变幻，似乎都落在苦难中无法自拔，也不能自拔。在春天，在这依旧有些荒凉的旷野，各种植物争相涌动，似有一种前所未有的繁荣气息，那是一种向上升腾的力量。春的影子，被某种看得见的美好欲望拉得好长好长。此时，只要一低头就能清楚地看见，大地母亲手中的杯盏，盛满花朵与沉醉，盛满五彩缤纷的希望和理想。

春暖花开，梨花堆雪，总会在不经意间，想起那些有意伤害我的人，和无意中被伤害得遍体鳞伤的过去。作家杨朝楼曾这样说他在社会最低层生存却不求人的朋友："这也许是穷人的骨气，或者说这种自尊，是他认为自己人生中唯一可以坚守的财富了。"如果所有的人都能如作家笔下的朋友那样活着多好。

多希望久住心中的不快，像这梨花一样，要凋零就凋零吧，心碎过后，一切就像暴风雨过后的海面，归于风平浪静。世间一切或美丽或丑陋的东西，最好也能像树上的花朵、天边的乌云、骤然而来的春寒，终将化为乌有。可是，生活的面孔却是变化无常的，一些不好的东西，常常在你没有防备的时候，就在半路上杀了出来，露出它残忍的一面。此时，纵使泪水再多也没有办法，痛恨，又能怎样呢？现实是残酷无情的。

最好是在这花朵次第开放的季节里，忘记生活中的一切不快。让一颗简简单单的心，携一片飘飘梨花去追逐翻飞的蝶，追过尘世，追过人生不平，一路到达花香淡淡、鸟语呢喃、天空晴朗的彼岸。

在彼岸等着我的有一池吹皱的春水，有缓缓的天籁之音……我沉醉其中，任谁也唤不醒。而后，在某个轮回中，走过唐诗宋词平平仄仄的古韵，幻化成蝶。

有趣的中秋

　　记得小时候村子里过中秋节比过大年还要热闹许多，后来随着村里的那条青石路变成水泥路，那轰轰烈烈、热热闹闹了几千年的拔石、滑石运动就销声匿迹，再也没有人提起，没有人知道。

　　这次回到村子，我特地到村头村尾看了看，想找到当年那块巨大的牛姆王，可是无论我怎样努力地去寻找，最终依然没有找到。不知当年那威风凛凛，给乡村生活及我的童年带来无限乐趣的牛姆王是不是成了精，带着它的徒子徒孙跑到哪个山洞里去称王称霸、作威作福了，或者说干脆跑到吴承恩的《西游记》里当起了牛魔王。

　　中秋节，确切地说，从八月初一这天起，家家户户就会在大门上挂上自己动手制作的或者买来的各式各样漂亮的灯笼。记得有一年我还别出心裁地用西瓜在父母的帮助下做了一个碧绿晶莹、玲珑剔透的灯笼，此灯笼一挂上，立刻引来无数孩子和大人羡慕的目光和啧啧的称赞！

　　中秋节的晚上，一家人坐在那儿吃月饼，守着一轮圆圆的月亮。听父亲讲中秋节的传说。

　　古时候，人们被一群恶人统治着，一个恶人管十户人家，他们怕民众造反，所以不让人们拥有铁器之类的东西。就连平时用的菜刀也要十户人家共享一把。而且每户人家大厅正梁的两头要各挂两只，以便恶人在晚上随时到百姓家里去查看群众有没有私下里聚集在一起谋反，而且在明晃晃的灯下，他们就不会有被暗杀的危险。

　　人们实在忍受不了这些恶人的残酷统治和无情剥削了。在某一年的秋季，人们趁要过中秋了，以送月饼为名，在每块月饼里藏了一张写着"八月十五夜杀恶人"的字条。

到了中秋节这天晚上,人们把原先挂在正梁上的灯笼拿来挂在大门上,家家户户拿出最好的酒菜来招待那些恶人,让他们一个个吃得饱饱的,喝得醉醺醺的。在他们吃饱喝足后,叫他们到青石路上玩滑石的游戏,那些恶人十分高兴,全然没有半点戒心。只见恶人双脚踏在一块早就准备好的石头上,腆着大肚子,半靠在几个精壮汉子的身上,由着他们推着他一路滑去,那石头与石头碰出的火花散发出一股股浓烈的火药味以及"呱呱"的响声,让恶人们和推着他的人们兴奋不已,人们把那些恶人推到村头或村尾,悄悄地杀了。最后剩下一个据说有四五百斤的王,大家一拥而上,用一根粗粗的绳子,套住他,一路将他拖下去杀了。

从此天下太平,人们安居乐业。

为了庆祝驱逐恶人统治的伟大胜利,从那个中秋节后,闽北这一带的人,一到八月初一,家家户户就开始在自己家大门上挂上五彩缤纷的灯笼,并且从八月初一到八月十五,无论白天或晚上,村子里都会进行滑石和拔石活动。特别是到了晚上,村子里一溜红红绿绿的灯笼挂着,伴着天上一轮明亮的月儿,村民们兴高采烈地在那儿滑石、拉石,热闹非凡。

滑石,两个人就可以进行,一个仰躺着,后面一人推着,或一人腆着肚子半躺着,由后面的人推着,飞快地向前滑去。碰上迎面而来的同伴,能够十分灵巧地错过,绝对没有"撞车"的危险,那情形犹如威尼斯人驾驶着小艇在水中行驶,是那么轻松自如……

留下一路硝烟的味道和"咯咯"的笑声,煞是活泼、热闹。还有一种更有趣的叫作磨莲花的玩法,就是找一个圆球形状的青石,若干人(双数)围成一圈,一半人双脚踏青石,另一半人与之手牵手,形成方向盘状,以青石为圆心,按约定的方向转圈,速度越快越好,直到有人晕倒为止。

拔石则不同,村里有一个巨大的叫作牛姆王的石头,石头上有一个圆圆的洞,到了八月初一这天就有专门的人用一根粗粗的绳子绑好。一到晚上,十几二十个青年后生就会拉着那块巨石,喊着"嗨哟——嗨哟——"的号子,在村子的青石古道上来回奔跑。后面跟着一大群看热闹的姑娘和小孩,所过之处,像是千军万马排山倒海般席卷而来,又像是那天边的惊雷滚滚。那阵势、那情景至今回想起来，还历历在目，令人难忘。

拔石拉到最后，还有一场一决胜负的比赛，我们村一共有三个小村，三个小村是连在一起的。到了最后，那块牛姆王被谁抢得，谁就是英雄，那个村子的人就会觉得很有面子，这块大大的石头就会在那个村子边上静静地待上一年，直到第二年的八月，再次被请出来……

据母亲讲，每年的拔石、滑石要拉得越激烈越好。这样一来，村子里就会清吉、平安、人丁兴旺，就不会有瘟鸡、瘟鸭……

只可惜这一项极为有趣的运动就这样消失了，远远地离我们而去了……

潭城夜色

　　家长会开完，已八点半，我知道最迟的公交车也回家休息了。要想坐车除非坐出租车，叫出租车，说实话我还真心疼那几块钱呢！于是自己对自己说："还是走路回去吧。"走路不但可以锻炼身体，而且还可以看看沿途的夜景，近两年城里的夜景真是十分绚丽夺目，是值得一看的。

　　此时落日早已隐去，站在会场门口，眼前一盏盏开在高楼大厦上的五颜六色的灯，就像是以站立姿势开放的花朵。行走在万花丛中，鲜亮的色彩纷纷被收入眼底，城市里显出一派人间烟火的辉煌。春天的风徐徐地吹着，尽管是在夜里，城市却与乡村不同，大街上还是车来人往川流不息。就这样，在熙熙攘攘的人群中，我一个人行走在世俗的温暖里。散落的灯影如一地的花瓣儿，脚步踩过仿佛会留下跫跫足音，似乎还有花的暗香飘过。那香丝丝缕缕，袅娜轻盈，像身边优雅从容地走过的女子。

　　带着一身的晕眩与迷茫，陶醉在被时光掩映的美妙里，踩着风的影子朝着妹妹家的方向而去，看到黑夜里的潭山公园变了色彩，那树木、亭台，在一丛丛灯影的斜倚横缀里仿若是撞破了烟雨蒙蒙的艳粉娇红，浸染成一片童话般的绚烂，一切如诗如画，如飞烟彩霞般摇曳生姿。像传说中的琼瑶仙境，正把反复重叠的缱绻铺展。那份摇曳与说不出的妩媚，弥散在林木之上，这既熟悉又有点陌生的风光，把尘世的苍凉全隐藏在丰富妖娆中，实在是让人有种心潮澎湃的激动。

　　心随目光爬上山顶，越过林梢，温婉的四月自有属于它的芬芳和明朗。山外的天，绵延着一种稀薄的蓝。浩瀚夜空，星星点点，照亮了暗淡的远方。天上的星星与地上的灯光互相映衬，眼儿醉了，思绪迷了，不由得浮想联翩起来。

　　天马行空的心情跨越冷漠的鸿沟，沿四月的清河跋涉而来。楼台下稀疏的紫竹和新栽的嫩柳亭亭玉立在河岸。河流则如一娴静女子，柔情委婉，笼一袖春光，娴雅地站在夜的背景里，风生水起处，就轻轻地挥舞衣袖将影子弄碎。河面上细碎地泛着粼光，更似倒映着光阴恬静的影子，一闪一闪地缓慢向东流去。这份神秘的美丽，如头顶的岁月般很快被远处的黑夜带走。好在，时光带走的是岁月的影子，带不走的是这如梦如幻的景色。

　　黑夜里行走，看见的是阳光下看不到的美丽。

最烂漫的梦因你而起

"神奇的九寨，人间的天堂。你把那温情的灵光……"我就是循着这首让人神往的歌，找到五彩池的。

一汪五彩水悄悄地泊在大山宽阔的怀抱中，散发着一种神秘的气息，即便是见惯了天下美景的人，也会立刻因它那无与伦比的瑰丽而倾倒。而我总一厢情愿地认为，带着天然芬芳的五彩池，是九天仙女不小心遗落在人间的丝帕。

五彩池清澈异常，蔚蓝、浅绿、绛红、粉蓝……变化无穷，煞是好看。透过那些可爱的水，池底岩面的石纹清晰可见。据说是池底沉淀物的色差，以及池畔植物色彩的不同让原本湛蓝的湖面变得斑斓多姿，而且欣赏的角度不同也会产生不同的色彩效果，背着阳光看池水比迎着阳光看池水水色更蓝，远看比近看更蓝。

阳光下的五彩池在叠叠蓝色中显得更加纯净，像一只美丽的蝶，在山中流光溢彩的花朵间款款地飞。微微泛动的波纹悄无声息，像蝶柔软透明的翅膀，轻盈曼妙。池水如云般飘逸，似纱般轻柔。

旖旎，总在雨雾风清的日子里笑而不语，美丽如花。在九寨沟那片百花争奇斗艳的景色中，五彩池似梦想之花，又似清风明月。人们见到你的刹那，就能一下子抛开世俗烦恼，一往情深地扑进你那多情的怀抱。

远古的风从峡谷飘来，带着美好如飞鸟一掠而过，荡起的涟漪温暖而湿润，流淌着幸福和快乐。五彩池若秋菊馨香弥散，似冬梅冰清玉洁，让人难以忘怀。空气中带着的潮湿气息把岁月遗落的尘埃荡涤。

花瓣飘零，时光飞逝，沧海桑田，曾经的一切化作烟雨，珍藏在湖水柔软的深处。五彩池经过岁月的洗礼，变得越来越珠圆玉润，晶莹闪耀。渐渐变成一片深邃迷离的海子，渲染成传奇与精彩。

九寨沟灵魂的脚步，让风儿轻轻，云儿陶醉，轻雾飘落。风中清澈、沉静的池水泛起一圈圈金红、金黄和雪青色的涟漪，澄澈明净，美丽无比。如一首优美的曲子，把来来往往的人们带进一个绮丽的童话世界中。池周边的花草树木、岩石泥土告诉一切走近它的世人：五彩池经过冰川与火山锤炼，才变成现在这般美丽模样。

五彩池，远山之上，你亘古不变地深藏在大山深处，深藏在九寨沟的谷底，始终保持着一种喧嚣尘世难得的纯洁与天真，将所有美好的故事纳入清澈见底的胸怀。

五彩池，喜欢你淡泊中的刻骨铭心，喜欢你波澜不惊的云淡风轻。

走过艰辛、曲折、坎坷，五彩池，你是我一生的牵念，是我前世今生的神话；五彩池，你将永远在我的血脉里沉淀，在我的记忆中生辉。

五彩池，我心底最浪漫的梦，因你而起……

心有多重，爱有多暖

父母一生坎坷，受尽苦难，但从没向命运低过头。是他们让我感觉到贫穷的伟大，也让我知道爱有多重，心有多温暖。

——题　记

在这个不劳动者不得食的社会，年纪大了的父母，还得成天劳动。墟日，父亲四点左右就起床拉着板车或挑一担菜走上七八里路，到街上占位子，即使起得这样早，还是没有别人早，占到的位置总不是很好。母亲因为要做家务会比较迟，为了省两块钱车费也是走路去。熙熙攘攘的大街上，他们分开卖菜，一个在街的这边，一个在那边，站着或蹲着，遥遥相对。

他们灰头土脸的样子，在摩肩接踵的人流中显得那么坚毅。放学后，买上饼或馒头送去，看他们衣衫破旧地立在烈日或寒风中，心里总有一种酸酸涩涩的感觉。特别是他们边吃边向我诉苦时，更是不好受。父亲总说菜不好卖，像当乞丐一样。"这薯（淮山）多难挖，挖得满身大汗，头昏眼花差点晕倒，拿这里来一块五毛钱一斤，也没什么人买。来了，挑三拣四的，还想便宜。"也难怪，父亲已七十多岁了，干这样重的体力活，不叫累才怪。母亲也说："怎卖得来钱，卖菜的比买菜的多。一块钱六七斤的萝卜，还要熟人才跟你买。"

前一阵子父亲来卖白地瓜和生姜，那白地瓜真是好，又嫩，又脆，又甜。五角钱一斤，也常常半卖半送。种的人多，你好别人也好，难出手。累得半死，一千多斤白地瓜，硬是卖不到三百元钱。我常想，如果儿女们有出息，父母又何苦为了几个小钱奔波呢？只可惜弟弟妹妹务农，这年头真正种田的能填饱肚子已很不容易了。我又多灾多难，日子过得十分拮据，只能眼睁睁地看着年迈的父母和其他乡下老人一样，天天在风里雨里为生活挣扎。

平日里，看到衣衫褴褛的老者，弓着腰在田间地头耕耘。尽管那姿势有对生活与对劳动的渴望；尽管他们默默无闻、毫无怨言地过着日复一日年复一年、面朝黄土背朝天的艰苦日子；尽管他们心胸宽广、纯朴，但是，我心里总有一种说不出的悲凉。他们是被暴风骤雨恣意蹂躏的一株株小草。

父母一生坎坷，年轻时差点被饿死。后来，虽然用尽力气在生产队里劳动，却一直挣扎在贫困线上，受尽生活的苦难。但他们从没向命运低过头。是他们的坚强，让我感觉到贫穷的伟大，也让我知道爱有多重，心有多温暖。我一定要尽自己的力量，让父母过得好一些。

过年了，我会买两双好鞋给我那劳累了一辈子的父母穿，让他们光鲜体面一次。父亲好酒，我会向爱酒的人打听哪种酒好喝又实惠。会喝酒的人告诉我："古贝春不错，很好！你父亲肯定很喜欢的。"

于是，我想起小时候父亲会像孔乙己那样，从衣袋里摸出几角皱巴巴的钱，满脸笑容地让我为他打酒，全然没有"五花马，千金裘，呼儿将出换美酒，与尔同销万古愁"的那种豪兴，有的只是对生活的知足。

父亲喝了几十年的酒，对中外名酒如茅台、五粮液、威士忌、伏特加也许闻所未闻，更没有机会见过。所以，我一定要买上两瓶古贝春让他喝喝，不管价钱如何。愿两瓶古贝春酒，能温暖一下这凉薄的世界，更能温暖父亲那颗苍凉的心。

温　暖

　　我是个地地道道的乡下人，没有电脑前，听别人说起电脑的种种好处，就像是听一个美丽而神奇的童话般羡慕得不得了。有了电脑后，最直接的感觉就是电脑就像古人所说的"海纳百川，有容乃大"里的大。它的那个大像大海，像天空……在这样浩瀚无边的网海里畅游、搜索、阅读、看新闻时总有种分身乏术的遗憾。

　　有着说不清道不尽的故事的网络，最让我难忘的还是大武夷论坛。几年前，想为我的一位亲人寻找某段被埋没的历史，就到闽北最大的论坛去发帖，希望在发达网络里能求得好心人的帮助。因为心急，来不及细想，就随便用了一个网名，想着事情一有着落就抽身离去。

　　后来我要找的那件事没有一点儿眉目，看来那段历史要永远地沉睡在我和我亲人的记忆里，再也不能重见天日了。这让我很伤心，也很失落，不明白这世界到底怎么了，明明有过的事，竟然再也找不到蛛丝马迹。可是，从那以后，我却鬼使神差般深深地爱上大武夷论坛，再也离不开了。从此，这儿成了我最美的心灵家园，最好的精神栖息地。

　　随后，看到论坛常有一些征文活动，也动手写写。不想在改革开放三十年征文活动中，一篇《被岁月缝合的缝纫机》被报网互动采用了。之后又有文被发表，让人遗憾的是都没收到稿费。心想可能是编辑忘记了吧，就给版主"铃儿响叮当"发了一条短信，不久，如愿收到了稿费。渐渐地，我把自己的一些文章发布在论坛，等待网友们评论。

　　最有趣的是浪嘎发动的抢楼活动，想不到的是我也抢到了三次礼物。这意外的收获还真有点让人欣喜若狂。只是拿礼物颇费周折，每次都是一个叫"泥鳅师傅"的人帮我从浪嘎处领来，等他回老家时，再带来。真的很感谢论坛上的这些热心人，更感谢武夷新闻网，让我在这个虚拟的世界里收获了真诚。

网络世界是五彩缤纷的，它虽虚幻却能带给我最真实的感受。总之，是论坛里的那些相识和不相识的网友，从远处带来的芬芳，温暖了我苍凉的岁月。

雨中看落叶

　　这两天天气冷了下来，后门山上很多树的叶子好像一下子就红了，这些诗意的红叶总是喜欢盛放在千古文字里。雨中，远远望去，红绿相间的山林像一幅浓墨重彩的油画，朦胧中带着几分神秘。为体验古人"停车坐爱枫林晚，霜叶红于二月花"的意境，撑一把伞，沿着那条小小的路缓缓前行。心想或许雨声的滴答、叶的飘然，能为我拂去心头的不快；或许森林中那些细碎的雨声，能在洗涤蒙尘的树叶的同时也净化人的心灵，让它们同时在这个有雨的黄昏，变得清澈透亮起来。

　　山不是很高，林倒是很密，高大挺拔的树木里，似乎藏匿着无以言说的落寞。黄昏，四处云雾迷蒙，小小的雨，淅淅沥沥地落在伞顶，飘在头上，肩上。沿一条时常走过的弯曲小路前行，一丛金盏菊，倚窗沐雨，开得正欢。是什么力量使这菊花在寒冷中睁开妩媚的双眼？难道是传说中，三千年的相思演绎出的风花雪月，它等在这里，等在这段小路边，只为了与我相遇？一缕风挟着雨带着落叶，缓缓拂过花的面颊，花瓣上的雨水无声滑落，像从手中悄然滑落的苦涩、清冷日子。

　　山林在雨中静默，一时间，梦想远去，岁月消失，尘世间的一切繁杂，一切纷扰，都随着这一片寂静消失。只留下一颗安静的心，在密林深处，在树叶的飘落中跳动。落叶，有的金黄，有的通红，也有的依旧一派青绿，尽管形态各异，色彩纷呈，但清晰的脉络写满生命的履历。仿若有一种寂寞或是无奈的东西落在心底，很软，很湿，雨珠般坠着。细细的雨，剪剪的风一齐拂过肩头，衣袂飘飘的瞬间，感觉有深入骨髓的冷。人是不是也像落叶一样，终究逃离不了飘零的宿命？

告诉自己，就这样站着，站成一棵树，听满山叶落，看一地清冷。将自己掩蔽在时光里，幽幽叹息。什么也不想，什么也不说，什么也不追究，只看一场淋漓尽致的落叶在眼前铺成一个盛大的舞台。此时无数的叶子，正在雨中徐徐落下，它们的样子优美卓然，苍凉中裹着诗意。就让落叶轻轻去吟哦吧！身处尘世的我们，该怎样穿过命运的坎坷、一生的平仄，借助一线弯曲的小径，去抚摸散落在时光深处的斑斓？

　　因落叶有了这么一段如火如荼的飞扬，深山寂寥的心里，才有了一片烟霞徘徊的婉转。一片又一片落叶像一缕云影，在昏黄天际划过苍凉眼眸，回归大地温柔怀抱，倾听来自天国的悲悯的声音。一片落叶，孩子说，像飞舞着的蝶，蝶是有生命的美丽，是一种希望；我说，落叶是一季的落寞，所以我的世界空白绝望；佛说，落叶是生命轮回的圆满……耶稣临终时，面对悲哀的信徒说，太阳下山时，回头看看，山下还有灯光。

　　佛陀拈花，迦叶微笑。走过尘世风风雨雨，走过清冷山道，回头，山下有母亲点亮的如豆灯火，温暖迷人；有孩子天真可爱的微笑，如初放的莲花，温馨亲切。它们如春日里的阳光透过这南方初冬的雨帘，暖暖照在心上！

送　别

　　清晨，在背起行囊的那一刻，心中有几分不舍，几天来他已经习惯这种宁静的乡村生活了。晚上早早上床，天大亮了还赖在床上，村子里传来的鸡鸣狗吠和邻家孩子的吵闹声，母亲在厨房忙时锅碗瓢盆发出的交响曲，在他听来都是那样的亲切、悦耳，好像又回到了无忧无虑的童年。

　　可心中再不舍，也总是要走的，因娟的事，他快一个月没上班了。母亲像往常一样总是送他到村口，就站在那棵大樟树下，目送着他的身影渐渐离去，父亲却执意要送他到火车站。从这点看，好像母亲更能理解"送君千里，终须一别"这句话的含意。

　　走了好长一段路，回过头，发现母亲还站在原地，向他挥着手。母亲的身后，是润泽如玉的群山，母亲和村庄的天空被秋意浸润成墨一般的蓝。阳光照射在万物之上，山村被蒙了一层明艳的彩。这景致仿若是一幅西方印象派的油画，在他的眼前闪烁出流光溢彩的美！那一刻，他苍凉的心涌出几分感动、几分亲切，他在心里默默说："母亲，再见了！村庄，再见了！请把我的伤痛留在这山青水绿的乡间吧！"

　　到了城里，父亲在火车站边的小吃店里买来两碗扁肉，这是他小时候最喜欢吃的点心。记得读小学时，只要能考个优，父亲就会骑着自行车，到十几里外的乡里去买来扁肉作为一种奖励，让他吃得饱饱的。自从到城里上高中，后来考上大学，毕业后又在一座大城市里工作，这些年他几乎忘记这种出自家乡的小吃了。今天，这两大碗冒着热气的扁肉，让他记起了少年读书时那段紧张又有趣的时光。

　　一碗扁肉，直吃得父子俩都冒出了汗。吃完后，父亲拿起桌上的纸，他原以为父亲是自己擦手或擦汗的，却不想父亲是拿来要帮他擦的。他急了，用手把父亲的手挡开。父亲也不好意思地笑了笑，充满歉意地说："还当你是小孩子，日子过得真快，一转眼你都工作三年多了。"

他说："爸，我要没上大学，也像隔壁的阿强一样儿子都两个了。"说到这儿他不说了，脑子里仿若有娟的影子在那儿一闪。父亲看他刚才还兴致勃勃的，突然间眼神就黯淡下去，本想顺着他的话尾说"你什么时候也给我和你妈抱一个孙子"之类的话，但他只张了张嘴，什么也没说，就弯下腰去帮儿子提行李。父亲汗津津的背，被刺眼的光照得冒了一层烟。他看着这曾是小时候摇篮的背，心里产生了无限的甜蜜。儿时，他都六七岁了，只要空闲，父亲就会背着他到处走。

记得他小学要毕业那年，父亲的一个当乡村教师的同学来玩，那位老师回去后，他曾奇怪地问母亲："别的知青都当老师了，我爸爸为什么要在家当农民呢？"母亲告诉他，原来父亲高中毕业后，恢复高考那阵子也去参加过高考，但考了几次都名落孙山。父亲还在山村里当了几年民办教师，后来娶了亲，又生下了他，家中的开销大了起来，而民办教师当时工资十分低，就没有继续了。要是继续教下去，也像他的那几个老同学一样，现在也是公办教师了。

说实话他更希望父亲是个教师，而不是一个农民，因为他清楚父亲为生活过得十分的辛苦。当一个乡村教师虽然不能大富大贵，却总比在土里刨食强些。自从懂事后，知道了父亲劳作的辛苦，他就更加发奋地学习，到大学后更是刻苦，所以，一毕业就被一家非常好的公司聘走，惹得许多同学眼红。

火车就要开动了，父亲眼里充满担忧地说："到那儿要好好过，凡事想开一点。"说完就急急地离去，因为他要去赶最后那趟班车，去迟了，就得在城里过夜了。看着父亲结实的背影在人来人往的候车室过道里消失，他不由得想起了朱自清的名篇《背影》来，眼睛再一次潮湿了，多好的父亲啊！

火车开动的那一刻，他回过头来望一眼这个斑斓季节的家乡。走进那个乱哄哄的车厢，汗臭味、女人化妆品味，还有其他一些乱七八糟的味扑面而来，他最怕这开着空调的车厢了，空气污浊得让人感到憋闷。

挤过那些在车厢里来来回回找座位的客人，他找到了自己的位子，刚把行李放好坐下，就从人群里冒出一个出水芙蓉般的姑娘来。姑娘站在他的旁边，主动向他打招呼："大哥，我们换个位子好吗？"他抬起头，看了一眼这位衣着得体、亭亭玉立的姑娘，见她眉眼间有几分娟的影子。心里一惊，仔细一看，那白皙的瓜子脸，大而亮的眼睛，特别是有着美丽弧线的弯弯嘴角都像极了娟，可他清楚地知道，在那个黄昏，娟已像祝英台化蝴蝶一样飞走了，莫非这姑娘是娟的表妹？接着他又为自己可笑的想法摇了摇头。姑娘见他摇头，以为是不同意换座位，就嘟着可爱的小嘴说："真小气，还男人呢，不就换个座位，想看看窗外的风景嘛！有什么了不起的！"说着气呼呼地把手中的箱子和一大袋子东西扔地下，然后，重重地坐在他的边上。

在春天落叶的大樟树

闽北历来崇拜樟树神，在我们这儿只有樟树最受人们的崇敬和爱戴！只要有村子，哪怕是只有几户人家的小村子，总会有一棵或数棵大大的樟树忠诚地守卫着村庄，风雨中庇佑一方子民，显示生命的静美与永恒。大树以顽强的生命丈量岁月的长度，用自己一生苍苍绿意明媚四季。在我心中，樟树成了闽北的象征。小时候常跟着大人念："樟树神，爱别人……"

那些长在村头或村尾被当地人敬若神灵的樟树千手观音般从八面四方平伸出树枝，层层叠叠成一顶巨大树冠，用枝叶撑起一片阴凉，老人喜欢在树下休息聊天，天真孩童则喜欢在树下玩耍。

大樟树能驱虫除病，能降妖伏魔。村子里谁生病了都会到樟树那儿讨一小块树皮或一两片树叶，熬成汤喝下就没事了。要是年成不好有了什么灾难，老太太们就会虔诚地到大樟树底下焚香烧纸，在树干上挂上花花绿绿的神剑或是红红的小布包，祈求樟树保佑。为了村民的健康，为了村民能够安居乐业，樟树常常把自己弄得伤痕累累，所以村民说樟树是一棵大公无私的树。这就是我对樟树最初的记忆。

我所在的校园东面有一棵枝繁叶茂的千年大樟树。这大樟树用一千年的守候，一千年的等待，迎来一批又一批到这儿来学习的学生和来这儿工作的老师。

白云苍狗，日出日落，生长在校园的大樟树，躲在红尘的一角，安然度过无数风雨飘摇的日子，早已变得像一位淡定从容的老人，把所有的悲喜都藏在生命的枝丫里。似水流年，这棵大树已有千年的历史，随意从它身上摘一片叶子，里面可能就藏着一段或喜或悲的故事。

黄昏，阳光斜斜地照射下来，樟树沐浴在一片柔和的光线里，美不胜收。像一幅水墨画，一下子就吸引了我的目光。这一看不打紧，竟出人意料地看到樟树开出了点点红艳艳的花朵来了，那花儿一朵朵一簇簇，真是难得的奇迹啊！

　　樟树会开花，不会是做梦吧？仔细一看，原来树冠上那层稚嫩的叶，浅浅绿意葱茏着，其间夹杂着无数红叶。这老叶不像其他树叶一样，在秋天或冬天落下叶子。猛然间醒悟，樟树并没有什么花儿，这些叶片儿，它们是在用一种特殊的方式进行新旧交替的神秘仪式。其实大樟树年年都是这个时候落叶的，只是从前没有发现或没有在意它吧！

　　一些叶子手拉着手飘落，旋转着，它们似燃烧般红红火火的，温暖了我苦涩的眼眸。落下的叶子铺了一地，像睡着了一样安静可爱，任凭春日午后斑驳的阳光在它们身上游走、流淌……那一份无言的静美，看了让人动容。它们像一生默默奉献的老师，用自己"春蚕到死丝方尽"的辛劳，默默"化作春泥"来"护花"。

　　静静地望着落叶，那一刻，我心里全是敬意。在这个艰辛而漫长的春日黄昏，什么也不想，我只想守候着这些落叶，直到有一阵风把它们吹走。

　　这时有几个孩子扛着扫把来了，他们是冲着这一层落叶来的，厚厚的落叶在孩子们的扫把下哗哗响着，像在弹奏一首动听的乐曲。转眼间落叶就被扫成了一堆，可是风一来，又有无数的叶子落了下来，孩子恼了，抬起了头："这落叶，你还有没有完？"看到孩子憨态可掬的样子我会心地笑了："孩子，无论做什么事，都要有耐心和毅力的！"几个孩子听后都笑了，仰起头大叫："樟树！樟树！你是我的好朋友，我爱你——"

　　这棵树成天与孩子们打成一片，每天天一亮，就有学生来到它的身边。他们有的坐在树底下八角形的井沿边，开始朗读课文，用勤劳让荒芜的地方开出灿烂的花，燃烧起满树向上的希望；有的三五成群地下着棋；有的在一起说着有趣的话儿，说到高兴处哈哈地笑起来，笑声把树上的鸟儿也弄得飞舞起来了；也有的手拿着牛奶面包津津有味地吃着。这时长年为学校工作为学生安危操劳的陈云才校长来了，他站在远处看看大树，再看看树下那些可爱的孩子们在一片祥和安全的环境中生活和学习，他满意地笑了。阳光照在校长慈爱的脸上。

夜深了，大树也睡着了，沙沙的声音轻轻响起，这是谁的脚步从大樟树下走过？那是值夜班的老师，深夜里起来看看这些离家求学的孩子是不是把被子踢掉了。老师像父母一样的关爱，沉睡在梦乡的孩子是不知道的，但是那棵大樟树心里最清楚。平凡的老师就像校园一角的大樟树，甘愿日日夜夜倾尽心中所有的爱，为了孩子再苦再累也默不作声。

一棵悄然生长的大樟树，在黄昏的余光下，离我很近，也离我很远，这远远近近之间的距离就是我要仰视的距离。突然明白，做人要活得像一棵大树，让它生出一派油油的绿，在春天的一隅放出光彩，把枝繁叶茂的招摇，淡定成坚韧的秉性，一定不要屈服于尘世间一次次无情的考验。

虽然，人生赐给我的是苦难和严寒，但是，在这个不经意的春日午后，心里的一棵大樟树，正悄然地落下旧叶，长出新绿。

我为自己挣学费

　　小学毕业进入初中，我是村里唯一的女生，其他女同学的父母都不让她们上学了，说是女孩子读再多书也没用，将来还是要到别人家，为别人抱饭甑（饭甑就是南方人用来蒸饭的饭桶，有用木头做的，也有用瓷烧成的）的，能有小学文化就不错了，进城去能认得男女厕所，不会走错了让人笑话就行。那时还没有什么"春蕾行动""希望工程"之类的专门针对上不起学的孩子的公益助学活动，所以很多孩子，特别是女孩都没有上学。

　　我去上学，看到那些跟在父母身后去劳动的女孩眼巴巴地望着我时，心里真是五味杂陈，说不出是该喜悦还是该悲伤。

　　父母都没上过学。小时候父亲总是对我们说："要好好学习，当农民太苦了。"记得有一次跟母亲去赶墟，母亲指着远远的一排砖瓦房告诉我："那是中学，你要好好读书，将来就可以到那里去上课。"母亲的话给了我无穷的希望，从此，心里就切切地盼着，能早早地到那如童话世界般美丽的洋房里去读书。其实那房子也很普通，只是比起我们村子里那些低矮破旧的房子来要好很多，于是，那里就成了我眼里最美最漂亮的房子。

　　我的父母虽然勤劳能干，但从土里刨食的他们，哪怕一年到头都不休息，我们的生活也还是很拮据。每学期为了我们的学费，父母费了不少心思，这点我心里再清楚不过了。白天他们到田里劳动，晚上在一盏昏暗的灯光下，母亲用力地剁着猪草，剁完猪草还要放到锅里煮，煮得整个房子里都飘着那种酸溜溜的野草味。我们静静地在昏暗的灯下，在漂浮着难闻的青草味的屋子里写作业。有时梦中被削竹片的"噼噼啪啪"声吵醒，发现父亲还在做竹篓、土箕，或用竹尾削成锅刷，做成蒸饭菜的竹架子。这些东西做好后，逢墟拿到集市上去卖，换得一些小钱来贴补家用。

上中学后，觉得自己一下子就长大了，于是暗暗下决心要自己挣学费，减轻他们的负担。一到周末，我中午饭不吃，就飞也似的跑十几里路回家，狼吞虎咽地吃完饭去做我能做的事。

春天来了，我们这儿会有漫山遍野的蕨菜、小笋，这可是乡下孩子挣钱的好机会。尽管那时一斤蕨也就几分钱，采来的小笋剥了壳，还要放到锅里煮熟，也只能卖五分钱。蕨菜和笋采来后，还要盼着有小贩来村里收购，要是他们不来，第二天就让母亲早早地送到十几里的乡里去卖。秋天会有人专门来收购苦竹，一百斤能卖一元五角到两元钱。不过这活儿可不是小孩的专利，那时正是农闲时节，全村老少都会去砍竹子。有的大人一天能砍十几元钱的，小孩子也能挣上三五元。

刚开始的几天，大家在村子附近的山上砍，后来，就要到很远的地方去才有竹子。有一个星期天，我同村里几个女孩，带着午饭，拉着手板车，到离村有七八里的山上去。我心里打着小九九，班上的女孩几乎都有一条在当时算是非常时髦的绸子，看她们在头发上绑成花花绿绿的蝴蝶结，简直美死了。大概爱美是女孩的天性吧，我也想要一条绸子。一条绸子五角钱，不就多砍几十斤吗？今天到这么远的地方来，竹子多，一定要多砍点。下午三点多，别人就开始嚷嚷着要回家了，这时弟弟也吵着要回去，好说歹说都不行，最后，用一块光饼诱惑，弟弟才同意留下来陪我。

眼看着太阳就要从对面山头落下去了，我不得不动身回家。谁知还没有走两里路，天一下子就黑了下来，模模糊糊之间，在一个陡坡上，我慌乱中竟然把车给拉翻了，真是"欲速则不达"！好在车子和竹子都歪歪扭扭地倒在路边，没有落到坡下去，车子也没有损坏，真是不幸中的万幸。借着暗淡的光线，费了九牛二虎之力，我俩总算把车子扶好，又把那些散开的竹子捆起来，装车重新上路。没走几步，父亲提着手电急急地来了，一见面就说怎么这么傻，山里的天黑得快，让人担心了。我自知理亏，一句话也不说，父亲让我们坐在手板车上，和竹子一起拉回家。坐在青青的竹子上，听父亲有力的脚步声伴着车轮发出的"沙沙"声，像是小时候躺在摇篮里，听摇篮曲一般惬意。抬头看见黑漆漆的天边，一弯新月泛着苍茫的光亮，月光下是隐隐约约的大山，秋虫在静谧的旷野唱着快乐的歌。凉凉的山风习习地吹来，把我刚才满头满身的大汗给吹干了，很是舒服。这一刻，我觉得自己是世界上最幸福的人。

到村口，父亲让我们先回家，他一个人去卖竹子。回来时，他高兴地说："真不错，比上星期多砍了一元钱的。"听后，我躺在小床上想：劳动真好，每个星期挣来的钱攒下来，既可交学费，多出的一两元，还能买些小饰品把自己打扮得漂漂亮亮的！

一张稿费单

自从上网后，我利用空余时间在网上码字，有时也有一些文章发表在报刊上，得到一点稿费。这时我就会高兴地对同事说："这下好了，一个月的米钱有了。"同事听完我的话也会感慨："我们真是太穷了！"

近年来，越来越写不出什么好文字，发表的文章少了，稿费自然也就少了下来。而米竟然涨价了，最便宜的也要两块多一斤，于是用稿费买米就成了奢望。不久前收到《东南早报》蔡芳本老师寄来的一张稿费单。我从邮局拿出钱后想：这几十元意外之财拿来做什么好呢？暂时先放在口袋里吧。

上周六，去城里开家长会，到妹妹家时听到孩子们吵着要买东西吃。有的说想喝牛奶，有的说想吃德克士、韩美基等。孩子们的要求尽管五花八门，但说实话，并不是很高。吵闹中，妹妹说："你们有饭吃就好了，还想吃这想吃那的！"家里就静了下来，孩子们望着妹妹不说话。过了好一会儿，他们有的去看书，有的去看电视。

妹妹的话是对的，她只是个工薪阶层，一个月几百块钱，能吃饱饭就真的很不错了；弟弟是个农民，也没多少钱。不是我在这里装穷，一个乡下农民，一个真正以种田为生的人，一年到头辛辛苦苦，剩不下多少钱的。我因病致贫，也是个穷得叮当响的人。可是这些毛头小子又有谁能理解妹妹的话呢？在妹妹家中一共有四个孩子，那是妹妹的、弟弟的、我的，因为在城里读书，所以都放在这里。这么一大家子人，在物价高涨的年代，还能指望吃什么呢？孩子们，你们不能有太多的要求！

看着孩子们一张张可爱的脸，我不由得摸一摸袋子里的稿费，买两袋奶粉给孩子们喝吧！于是，到一家奶粉店里买了两袋奶粉，共有三十二小袋，花了五十六元。四个孩子，算一算够他们美美地喝八次了。

当我把奶粉拿到妹妹家时，孩子们蜂拥而来，大的像宝贝似的把奶粉抱在胸前，小的抱不到奶粉就把我抱得紧紧的。看他们又笑又跳的高兴劲儿，我想起了小时候我们姐弟几个，为一把从父母手中得到的山杏，为一个在树上好不容易采到的杨梅也是这样欣喜若狂。

我的职业让我不想错过教育人的机会，趁着孩子高兴就说："这是用稿费买的。"意在告诉孩子，奶粉来之不易，更主要的是，要让孩子们知道，努力学习，才能让日子过得像奶粉一样甜滋滋的。

救鸟秀

　　我提一桶衣服，顺着楼道，要到阳台上去晾，突然从一棵高过屋顶的柏树上，斜斜地飞进来一只黑乎乎的小鸟。

　　小鸟落在楼道后，呆呆地站那儿，动也不动一下，睁着惊恐万状的眼睛，望着陌生的我。我心里觉得好笑，对它说："雏儿，没见过世面，吓傻了不是？"

　　晒完衣服回来，发现鸟儿还在原处，见它可怜又可爱的样子，我一时童心大发，蹲下身子，伸出手，鸟儿没飞，只是"吱吱"地叫着，一个劲儿向后退，一直退到墙角。那份无助和柔弱，给我很多感触，越发觉得自己应该救它，不能让这么弱小的鸟儿在我眼皮底下遇到不测。有了这个想法，我便弓着腰向前半步，一把将它抓住。顿时感到一股肉乎乎的温暖通过掌心传遍全身，兴奋和一种说不出的喜悦溢满胸腔。这是一只"鸟秀"，我总是这样叫它们，其实我也不知这比鸽子小不了多少，浑身黑乎乎的，发着淡蓝色光泽的鸟叫什么。

　　这时，一个同事上楼来，说："这小鸟有很多肉，很补的，杀来吃了吧！""不！这么可爱的小鸟，一直在这几棵大树上居住，与我们和睦相处，睁开眼就能看见它们快活地在校园里飞来飞去的，在我心里早就把它们当成老朋友了，怎忍心吃它！"说这话时，我张开托着小鸟的双手，希望它能从我的手心里飞走。谁知这鸟儿竟赖在手里不走了。也不知是完全不具备飞的本领，还是因为害怕，看样子它是飞不回去了。怎么办呢？去年也是这个时候，有两只同样的小鸟，落到地上，不一会儿工夫就被孩子们拿走了，最后也不知结局如何。这次可不能再落入孩子们的手中了，我要当回英雄！救这只趁父母不在时独自出来玩耍回不了家的小鸟。

找来一个纸篓，倒扣在房门前的走廊边上，这就成为小鸟的临时救助站。我又回到厨房，把中午吃剩的田螺肉拿几个来喂它。看到小鸟张大嘴巴吃东西时，我有种做妈妈的激动和幸福。只是，小鸟好像不领情，一直不甘心地叫着，让人心烦，它大约是在呼唤父母来救它吧！不一会儿，小鸟的父母果真闻声而来了，它们焦急地在边上飞来飞去，痛心疾首地叫着。看到这儿，心里矛盾着，放小鸟走吧，又怕它飞不了，会遇到不必要的伤害；不放走吧，小鸟痛苦，它的父母更痛苦！

讨厌，那两只老乌秀不时飞来看望被囚禁的小鸟。老鸟有时站在栏杆上，有时站在楼板上，有时干脆站在纸篓上，一声声地叫着，有时嘴里还叼着食物。让人看了既可笑又可恼，这就是伟大的爱吧！为了孩子，老乌秀可以不顾一切。

第二天，天刚麻麻亮，我还在床上，就听到外面的吵闹声了，知道老乌秀又来了。起床后，同事说："小鸟的父母已经来八九次了，赶紧放走它吧！"我想，经过一天一夜，小鸟大约能飞了吧，再说我这"鸟妈妈"也当得不快乐。于是，决定放它回父母身边去。可是，就这样放走了它，以后再见到时能认得吗？这样想着，就找来一根红线。当我给小鸟做记号时，小鸟父母不知从哪个缝隙里飞来了，也许它们一直在周围看着呢，这回它们声嘶力竭地叫，惊惶失措地飞，直飞得翅膀扑棱棱地响，大有要飞来跟我拼命的架势。

何必呢？若要伤你的孩子，它早就成了我的盘中餐，还等到这时？转念一想，做父母的有几个看到儿女被别人抓在手里玩弄会不心急如焚的呢？自然，想起屠格涅夫《麻雀》里那只有深深母爱的老麻雀，奋不顾身与猎狗斗争的场景来了。

我又不是那只有私心的猎狗，我是小鸟的朋友，是爱护小鸟的人。于是不管那两只鸟儿怎么叫，我依旧心安理得地做着我想做的一切。当我放开双手，说："飞吧，飞吧！"小鸟似乎一下子明白它获得自由了，只见它一双乌溜溜的眼睛转了一下，"呼"地从我手里飞起，向楼对面的一棵小树飞去了。两只大鸟保护神似的，也一前一后地飞向那棵有茂密叶子的小树。随后，就听得那一家子欢快的叫声。这情形是不是有点像曹植的诗：

"不见篱间雀，见鹞自投罗。罗家得雀喜，少年见雀悲。拔剑捎罗网，黄雀得飞飞。飞飞摩苍天，来下谢少年。"这悠然的叫声，是曼舞翩跹的乌秀在谢我吗？

正吃早饭时，一同事来说："快去看看，你的小鸟又飞回来了，一直站在那儿不走。小鸟的父母还叼来两段蚯蚓放在那儿给它吃呢。"同事的话，说得越发神了。难道鸟儿真的有情有义，喂了它一天就对我有感情了吗？不可能的！

我急急地上楼来，果真见那只小鸟孤零零地站在原先的地方，脚上的红线十分醒目。心中一动，莫非鸟妈妈让它来这儿的目的，就是要我把那红线剪了不成？也许是吧！我自作聪明地想着。再次将小鸟握住，找来一把小剪刀。奇怪的是，这次老鸟没有在我身边不停地叫。线剪完后，我说："现在可以放心地走了吧？你已与你的同类没什么两样了。"我的话还没说完，小鸟就张开稚嫩的翅膀，飞到一棵玉兰树上去了！紧跟着又看见一只老鸟，叼着食物，也飞了过去……

鸟儿划过了谁的天空？谁，又在为儿女而奔忙？不用问，那一定是含辛茹苦的父母。看着鸟儿，想起自己六七岁时吃饭还要人喂的情形，我明白，无论是人还是动物，只要是父母，那么对儿女的爱都是动人的。

那一刻阳光灿烂，我笑了！有谁能明白我的微笑到底是对小鸟获得自由的祝福，还是对自己历经风雨之后，依然拥有一份天真善良的感激？

虚惊一场

我脸上长了许多大大小小的痘痘，不痛不痒的，一直没太在意。近些天，许多看见我的人都惊呼："你怎么一下胖了许多？"我想胖可能是近来天太冷，没怎么运动的缘故吧！直到前天早上起床后，发觉脸上很不舒服，在同事那儿找来一面镜子，一照，脸上的痘痘就像蒸馒头时放的红枣、葡萄干，变得花花绿绿的，煞是"好看"。这哪里是胖，分明是肿。想着等有空去医院看看，弄点儿药水涂涂。

临放假事太多，只好等放学后再去。到医院，因是下午，静悄悄的，门诊室里没人。在一个护士办公室找到这儿最权威的一位医生。他一看，问："这脸多久了？"

我说："大约有二十几天了吧。"

医生说："你赶快到城里去看看，验验血什么的。"听口气，好像我的病还很严重似的。

我问："怎么啦？"

"你这很可能是红斑狼疮，不能再拖了。"

我觉得自己一直都很坚强，但一听这话，还是有点儿晕，怎么会是这样？怎么会是这个病？当初省立医院就有个女孩得了这种可怕的病，从她那儿我知道这病可以说是不治之症。

愣了一会儿，我忙补充道："这几年一到冬天，脸上就会长这些痘痘，不过没有这次严重。"意在说明，可能不是那病。医生很郑重地解释："你的脸都肿起来了，过敏什么的是不会高出皮肤表面的。"

我从乡医院回来后，就急着上网，把自己的脸和网上有关红斑狼疮的图片对比，怎么看都不像。但一个对医学一无所知的人，又怎能相信自己的判断？正在这时，从网上跳出一个对话窗口来。这就如困了有人送来枕头一样。于是，我把自己的病情和照片发了过去，过了好一会儿，对方打出一行字："是红斑狼疮毛囊炎。"

红斑狼疮毛囊炎，没听说过。我用搜索引擎查了这几个字，费了九牛二虎之力，怎么也找不到它们的解释。这期间，对方可能等不及了，迫不及待地打来一行又一行的字，让我赶紧到他们的医院去看看。我说我查了网上没有，他又马上发来："你得的是红斑狼疮丘疹。"看来对方似乎不想就这样放弃好不容易上钩的大鱼。至此，我立即明白这是个钓鱼网站，骗人的，不理他，下了！

心里有事能做什么呢？只能干坐着胡思乱想，刚从死亡线上挣扎着走出来，又得这可怕的病，如果这是真的，我决定不治，于是在阴冷漆黑的冬夜对自己说："等死吧！"一则没有钱，二则没有信心。

对我来说，其实生与死都一样，没什么可怕的。可是说到等死，又让我为难了，一个连住的地方都没有的人，到哪儿去等死呢？就在这儿吗？房东知道了一定会赶走我的。这样想着，心里又徒增了一丝悲哀。不是为要死而悲哀，而是为连死也没地方死而悲哀。

接着又想到可爱的孩子，我的雨儿好不容易在今年有了户口，还有那个从小就没娘的乖孩子涛儿，他们都是需要我的人。我也想再陪他们几年，可天意如此，也只好这样了。人争不过命！明天到城里看一下医生，情况真是那样的话，就回来处理后事吧！在床上辗转反侧，一夜无眠。

第二天，心情复杂地到了城里，也找了这座城市看血液病最好的医生，他见了我就说："你这是过敏。涂什么了？"我说我一般只用百雀灵或五元钱一瓶的片仔癀。医生又说："现在连大宝也会让有的人过敏的。"

还是有点不大相信医生的话，问道："真的是过敏？我那儿的医生说是红斑狼疮。"他再次看了看我的脸，轻描淡写地回答说："不是，红斑狼疮不会高出来的，再说你这也不红。"说完开了四块多钱的药，让我带回来吃。虚惊一场。

踏春归来香喷喷

吃过早饭，我决定到山上走走，在这个春暖花开的季节，整天躲在家里，也该去同那些花花草草会会面了，说不定还能带一把蕨菜回来尝尝。

沿着一条小路走着，露珠早已把我心底的忧伤洗得干干净净，风儿也把那世俗的尘垢擦得瓦亮瓦亮的，一束明媚的阳光从头顶的树叶间隙洒落下来，照得我一脸憔悴。行走在春天的山野，领悟一种返璞归真的神奇，缕缕花香让人心潮澎湃，仿佛自己已化作红杜鹃回到人生最朴素、最原始的心灵家园……

信步走过春笋林立的竹林，经过一大片刚刚过了花期的梨园，进入茂密的榛子山。再往前走，拐个弯，眼前一亮，"山重水复疑无路，柳暗花明又一村"呀。不远处的山坡上，几蓬洁白的金樱子花静静地开着，十分惹人喜爱。它们莹莹如玉，细软如绸，如女孩儿般清婉。看见这花，我有种他乡遇故知的惊喜，真是意想不到的收获，采不到蕨，就采花吧！我急不可待地奔过去，小心翼翼地采着花。

都说玫瑰有刺，比起金樱子花来，那可真是小巫见大巫！金樱子花的刺短而尖，且带有弯钩，一不小心，让它给钩上了，一定难逃鲜血淋漓的下场。尽管金樱子花的刺如此锋利，可馋嘴的人还是无法抵挡那美味的诱惑，带着宁愿花下死的决心，前仆后继地来采那洁白的花。

记得有一回，与村里的几个姐妹去采花，有个叫四儿的，就在她采完那蓬花准备离去时，只听"哧"的一声响，四儿的裤子从臀部到脚跟被划开，露出修长的大腿，四儿紧紧地抱住脚，蹲在地上急得泪眼婆娑："我怎么回去呀，这该死的刺害我！"一旁的我们幸灾乐祸地笑着。后来大家只好把长发上的牛皮筋解下，四儿把裤脚一撮一撮地扎起来。我说："这下可好了，这带着原始野性的衣服，比那舞台上模特的奇装异服不知美多少！"说得四儿哭笑不得。小山儿笑得把那篓子里的白花撒了一地，一个劲地喊："可惜了，可惜了……"

　　带着对童年美好的记忆，我回了家，一时间，厨房里锅碗叮当，香气阵阵。忙了一会儿，一大盘放白糖的白花粿和放红糖的白花粿冒着缕缕香气，被静静地放在了桌子上。

租房的烦恼

曾读过这样一句流传千古的诗："安得广厦千万间，大庇天下寒士俱欢颜。"全诗写的是诗人晚年生活窘迫，在一个风雨交加的夜晚，草棚上的茅草被风卷走了，雨水倾盆而下。这两句的意思是，如何才能得到千万间大房子，让天下贫寒之士能有栖身的地方，不再为困窘而愁眉不展呢？

一贫如洗的我，没有自己的房子，没有房怎么办呢？只能租了。租房的日子，最是不好过。抬头低头都得看房东的脸色，吃多少苦忍多少气自不必细说了。这点是那些住在学校公房里的人永远也体会不到的。租房时，因为贪图离学校近、能蒸饭，上班、下班后上网方便些，还是决定租在原来的地方。

房东说："你要住可以，但是现在要一个月一百五十元钱了。"砍价砍到一百一，其实一百我都觉得贵，在我们这样的小县城，这样的房子顶多也就一百。房价谈好了，也就安心地住下来了。

哪知吃了午饭，睡了一个午觉起床后，房东夫妻却对我说："我这房子有人要租给小孩读书，出价一百五，你还是搬吧！"一听这话，我当时就傻了眼，天！说好的话还没过半天就变卦了？房租就像春天里的草儿，见风就长，见雨就开花！人言而无信，这都成什么了？何况我去年在这儿住了一年了，就连暑假没在这儿住都付月租的。为人做事还能这样吗？这世道真的只要钱，不要良心了吗？在这个物欲横流的社会，还有没有诚信可言？

这样想着，一向低眉折腰的我，在有钱人面前牛起来："我不搬，搬个家容易吗？谁那么有钱？这房子没卫生间，又没厨房，一个房间还被你占了一半放闲杂东西，只剩下放一张床的地方，一百五也会有人租？"心里却在想，都开学了，还会有人来租房，这不是在蒙人吗？房东这样做无非是想多敲我几个钱而已。这两公婆真是不厚道，还同学呢？管他！

气呼呼的不管三七二十一，先到学校上课再说，课间我在办公室里把这可气又可笑的事向同事们说了，大家听后都不住地摇头："说好的还能这样？人呀！"

放学后再到房东家里，女主人见了我说："你先住三天，看看那家人会不会来住。如果他们没来，房子就让你住。"我说："好！三天就三天。"只差没说"他来，他出得起一百五，我也出得起"这话了。心里却在想，这不是在找台阶下吗？都是熟人，何必为了一点蝇头小利让人心里不快？

三天后，女主人又说："那家人我叫他到别处去住了，房子就让给你住吧！我们都是熟人。"我是学校里的老师，还会不知道开学几天后有没有学生在外面住？家长要租房早就租下了，还会等到要上厕所时再找厕所？但是我还是装着感激涕零的样子说："那谢谢了，你真照顾我！"

房子总算是暂时有着落了，可是下一次租房又会遇到什么样的房东呢？

划过苍凉的静

　　山村的静，是李煜"林花谢了春红，太匆匆，无奈朝来寒雨晚来风"春梦破碎的静，是陶渊明"采菊东篱下"幽雅淡泊的静，是苏东坡"起舞弄清影，何似在人间"豪放凌乱的静……

　　午后的山村，阳光从后山漫过来，在黑漆漆的屋檐上泛着青色的光。一种混着花草和泥土味的清淡香，弥散在村子周围。山村的静，是溪边繁花一片片落入水中悄无声息流去；是宽敞明亮的大厅的一角，摇篮里婴儿在熟睡，旁边坐着一位轻轻摇着蒲扇的老奶奶，老奶奶布满皱纹的脸幸福安详；是山涧边一只小鹿安然地啃着青草时发出"嚓嚓"之声。静得让心有种怦然而动的感觉。

　　一堵有些年头塌了一角的土墙，墙角长满了一些种在《诗经》里的植物，如卷耳、蒹葭等。这不是"月上柳梢头，人约黄昏后"时张生跳的那堵粉墙，也不是沈园里见证了唐婉与陆游"山盟虽在，锦书难托"的那堵残墙。高高的墙面上，爬山虎潮湿而张扬的绿，一寸一寸地摇晃着爬上来，爬上来，与墙头上一<u>丛</u>狗尾巴草套着近乎。风站在远处不声不响地张望着这一切。静，还是静，静得如一幅古画，使人感到有点讶然。

　　从围墙缺口望去，一幢旧房子，楼头的横木上有两只鸡把头藏在翅膀底下做着美梦。廊下，一位穿着灰色旧布衣的老者，坐在竹椅上打着盹。老者的头往下一低，又马上向上抬起来，一下一下，样子有点像鸡在啄米，滑稽得很。老者前面不远处有一炉子，火正旺着。一个黑乎乎的罐子嘴里冒着热气，上面那个土黄色的盖子，在热气的推动下，一上一下跳着，发出叮叮咚咚的轻微声响。一股药的苦涩味伴着清香从那扇敞开着的门里飘然而出。一阵山风毫无理由地吹在老者大门外的一片梯田上，风过之处，碧波淡淡漾开，如一匹绸缎抖动着。梯田边的一棵树上停着一只白色小鸟，撑着红花伞，脚步轻盈地从树下走过的女子，好像和树上鸟儿约好了似的，都悄无声息的。

静静的黄昏是从一扇窗子处被打开的，一缕只有山乡黄昏才有的凉爽涌进窗口。一黄衣女子，从窗户上探出半个身子看风景。窗下一口池塘，清清的水倒映着这座旧木屋和池塘拐角处的一棵李树，树上缀满绿色果子。青色的草鱼和红色鲤鱼在倒影里悠闲地穿梭着。霞光中一双斑斓的蝶翩跹飞舞，用舞姿无声地诉说着梁山伯与祝英台的千古爱恋。天空偶有鸟儿掠过，淡淡的影，划过水面。

一个锄禾而归的农人，悄悄地行走在一片蛙鸣声中，抬头，突然发现挂在对面山顶一棵树上的月亮泛着黄色的光圈，像他妻子刚烙出来还冒着热气的饼。一时间，他感到肚子有些饿了，于是加快行走的速度，惊得一些小青蛙扑通扑通地跳进小路边的稻田里。

云从月亮边缓缓移过，有些许愁绪从云的身边蔓延开来，如一张无形的网罩在人们的心尖尖上。一张旧木桌前，一个女子端庄地坐着。桌面上泛着一层莹莹的月光，若水漫过草地，渗到眼前，长出许多恬静的花朵。一切都那么静，静得这个世界仿佛只剩下这间小小的屋子和灯下寂静的女子。那女子此时没有什么可做的事，也没什么可去的地方，就在寂寥的夜下暗自发呆，一任光阴从指尖溜走。

接着，女子伸出一只纤细的手，随意地翻着一本旧时日记。在这个无所事事的夜晚，随着泛黄纸片的翻动，瞬间忆起童年里守口如瓶的可笑秘密。那些过往，如斑驳光影下的青苔，或月光下长长而模糊的树影，划过心的苍凉，一任尘世间曲折的沧桑在脑海里静静浮现。

千古河流

　　置身鸡犬相闻的山村，原野、山峦、阡陌都是永远属于我的领土。此时，我站在一座小巧玲珑的桥上，看游鱼飞鸟，听棒槌声声。下面是一条不知名的河流，浪花洁白素雅，宛若春风里的梨花，空气温润潮湿。

　　汉水之滨，水草丰美，择水而居的人们日出而作，日落而息。一代又一代，坚守在岁月的河边，打鱼、耕种、婚嫁、繁衍、生息。

　　清晨，初升的太阳，照耀着这条清水流荡的河流，沿河而去的田野呈现出玫瑰的色彩。沐着朝霞，三三两两早出的农人，早已在那儿耕种土地了，他们手中的锄头一下又一下地挖着下面的泥土，铲除杂草，是那样怡然自得。

　　一个年轻的小伙，在河边弓着腰挽起了裤脚，看来他是要用一双脚淌过水的灵魂，到河的对岸去。阳光淡淡地照在他结实的身上，青春的身体上流着一种古朴原始的淡泊宁静，脸上的表情氤氲着一层幸福的温暖。恰在这时对岸的小路上走来一位穿着红衣裙的少女，莫非他们有约在先？过河而去的小伙和走向河滩的少女是来约会的？

　　背景是一望无际的绿草碧树和一条波光粼粼的河流。于是，盈怀的感慨破空而来，多像是《诗经》中的一首诗啊！于是，我不由自主地随口诵读起来："蒹葭苍苍，白露为霜，所谓伊人，在水一方。"

　　因为有个"宛在水中央"的女子，所以这个男子，甘愿克服重重困难破河而去。也许这就是爱情的力量吧！等一会儿，会不会有少女银铃般的笑声或曼妙的歌声响起？这时，一层水雾缓缓地从上面河段弥漫而来，模糊了眼前的景物。

而我更愿意守在暮色里，临水望月，清风明月中，荷香淡淡而来，不是为等谁的脚步涉过那片千古寂寞的河流，叩响黄昏的空寂，只为那三五成群从远处姗姗来迟的鸟儿，振翅滑过天空的优美。追随着小鸟渐渐远去的影子，思绪带着朦胧而美丽的想象，翻山越岭一路走去。渡过一条清澈的河流，走一条曲曲折折的小路，然后穿过宋朝清幽的小巷，走进盛唐马蹄嗒嗒的长安街头……有时，一个人在虚拟的光阴里走得太久了，会坚信自己就是某些故事里的主角。

　　也喜欢在这连绵的群山中，无垠的原野下，一个人静静地看蓝天上红色流云心猿意马地游荡，一颗心沉沦在过往里，寻找那些越来越远的记忆，一任很多念想如夏日荷田里的花朵，悄无声息地打开……

被雨淋过的五月

总认为，绵绵的雨是大自然的忧伤，是我在键盘上随意敲下的杂乱无章的文字。

进入五月，雨一直在不停地下，柔软的雨在满目葱茏的乡村原野上散开，大有一种"自在飞花轻似梦，无边丝雨细如愁"的意境。雨偶尔会歇一阵子，但大地依然笼罩在一层薄薄的迷雾之中，一任几朵积雨云在空中淡淡描上几笔愁绪，让人心里产生一种莫名的疼痛。那些弥漫在真实而悠远世界里的雨，漫成一幅水彩画，又或是一帧黑白照片……

眼睛总在一片空蒙中任节节水波起起伏伏，迷蒙中一些花儿寂然绽放；另一些则凋落、枯萎，飘散成自我的迷离。

站在空寂无人的原野上，雨很容易啄起心间往事。不知不觉间，童年斑斓的记忆如夏日雨后的虹横贯天际。也是初夏时节，也是面对着一望无际的农田，也是这样无边无际的雨中，田里也有三两个披着蓑衣插秧或挖田的老农。这老农不是孤舟垂钓的蓑笠翁，更不是斜风细雨中悠然自得的渔者，而是一群为一日三餐而劳动的贫苦农人，他们中就有我的父母。

田里新插下的一行行碧绿的秧苗，美得像绫罗，像绸缎。更远处有一片麦子，五月时节，万顷波涛似的金色麦田，总能让人产生无限的遐想。山村是如此的美不胜收，就连家家户户房前屋后的空地上，满铺的也是燃烧着的金黄，那是一种至今也叫不出名的草儿开出的花。甚至在断壁残垣的缝隙里，长满青苔的墙头上也会开出一两簇黄色的花来。少年不知愁滋味的我们总是乐此不疲地沉浸在一份美妙无比的童话里。

夜幕降临，当别人家的炊烟升起时，饥肠辘辘的我急切地盼望着劳动了一天的父母回家，他们一回家，就有香香的饭菜吃了，那份等待的温馨真是难以形容。儿时父母用爱的羽翼撑起一片晴空，为我遮挡风风雨雨。如今父母已年迈，我能到哪里去寻找庇佑呢？

雨还在绵绵地下着，用一袭纤尘不染的洁净，用透明得可以照见世间所有灵魂的晶莹浅唱着忧伤。雨滴，在坠落尘世的那一刻，一定有些许的微痛吧？因为我分明听到了一声轻轻的叹息。似有若无的诉说，最能触动心灵。这雨一点也不像雨，倒像是泪水，是寂寞和伤痛，蕴含着某种人生真谛。难道这诉说是来自天籁的神秘启示？它就像一位站在高高云端的哲学家在缓缓地说："人世间很多事情从一开始就已注定，只是常人无从知晓，无从选择罢了。"

听说只要有坚定的信念，卑微的生命在逆境中也能一路向阳，开出满树灿烂的花。据说只要坚强，一切苦难都会化为烟云消散……

可是，当所有的信心、坚持、希望化作眼前的雨随风飘逝时，却不知该如何描述内心的感慨。我想这雨一定同世上不幸的人一样，早已经历了一世的漂泊，一生的奔波，耗尽了信心，疲惫无力了。人生是不是也像这雨，风餐露宿中，没有时间去诉说风花雪月就已落入尘埃。

这样想着，心便被困在阴暗的雨中见不到阳光，看不到希望。很想停下来或者找一个落脚点，可是回首天涯之路，竟找不到一个为自己等候的人。而纷至沓来的雨，在一个个凄美的转身后，便飞花碎玉般把一份剔透瞬间摧毁。

站在五月孤独无依的雨中，头隐隐作痛，神情恍惚。思绪绵绵不绝犹如雨滴，敲打着屋檐、树叶、草儿，似乎永不停息。能否让糟糕的心情进入一个理想的梦境，把沧桑和烦恼洗去？

举目四望，寻找陶渊明笔下的世外桃源，但见烟雨迷离的江南乡村，远山空蒙，近水浩渺，全罩在一片泪水之中。立时视野变得模糊不清，是泪是雨已不重要了，重要的是在生活中能不能用粗陋的文字编织虚幻的温暖来包裹无助的心？

天渐渐暗淡下去，暗淡下去了，最终，远山失去踪影，地平线也消失了，脑海里除了苍凉的雨水抚摸着挂满泪水的植物外，什么也没有了。

黑暗中，似有嗒嗒马蹄穿越八千里路云和月急急赶来，这儿不是草原，从来就没有马蹄声，远远近近的嗒嗒之声只是一场更大的雨而已。

　　甩一甩被雨淋湿的头发，轻轻仰起头的瞬间，虽没有泪水滑过沧桑的脸庞，但五月的雨还是伤了一颗无助的心。

与蜜蜂较劲

"不论平地与山尖，无限风光尽被占。采得百花成蜜后，为谁辛苦为谁甜？"罗隐的这首诗，写尽了蜜蜂的美德与勤劳，所有读了这诗的人，都会不由得对那小小虫子另眼相看，本人也十分喜爱这为人作嫁的小小动物。可是，自从住进这间房间后，心里就开始对蜜蜂反感起来了。不是反感，是恨！伟大的鲁迅先生说得好："世界上没有无缘无故的爱，也没有无缘无故的恨！"

距我窗子三尺远的对面农家楼台上，一溜儿地排着五大桶的蜂。每个桶上均贴着一张小红纸"蜂王大发"，由此可见这家主人对蜂的喜爱了。天天与这些家伙为邻说不上是幸运还是不幸。蜜蜂的勤劳我是知道的，每天清晨，天刚刚发亮，窗户外已是闹哄哄的一片，想睡个懒觉都睡不成。唉！小小虫子为别人还早早起床忙开了，俺可是为自己活呀，也该起床了吧。自我鼓励中极不情愿成为全校最早起床的那个人，在乐滋滋地听别人夸我勤劳的同时，内心深处却有许多隐隐的不甘，都是那些蜜蜂害的……

住进没几天，发现居然有蜜蜂堂而皇之地钻进了我的房间里，这些不速之客，像无头苍蝇似的嗡嗡叫着，到处乱窜，吵得人无法批改作业和备课，烦死了！可继而一想，心又释然了。谁让我们住得这么近，蜜蜂喜欢来串门也是可以的，只要能够相安无事，就让这些不知天高地厚的蜜蜂在我原本寂静的小房间里来来回回地吵吧，这是不是也算是一幅人与自然和谐相处的绝妙图画？但愿蜜蜂也能知道"人不犯我，我不犯人"的生存道理呀！

孩子却不同了，少见多怪，蜂进了房间，往往惹得她惊恐地叫了起来。小小的心里有种人类与生俱来对自然天敌的怕和敬畏吧？别怕，别怕！只要我们不去侵犯它，一般来说它是不会蜇人的。其实动物也和现实中的一些人一样，天性中就存在着一种侵略的本性！蜂残忍的一面就这样被我忽视了！

直到有天，在我眼里好得不能再好的蜜蜂，毫无理由地用武力袭击了我们。那天晚上进房间不久，就听得坐在床上玩耍着的雨儿哭了起来，我一惊："怎么啦？""蜜蜂蜇我！"在雨儿一声紧似一声的啼哭中，愤怒的我抓起桌子上的一本书，在灯光下扑打着蜜蜂，打得灯摇摇晃晃，打得自己晕头转向。消灭了那只不用打也要死的蜂，再小心地拔掉雨儿小腿上的毒刺……第二天发现孩子走路一瘸一拐的，再看那腿红肿得如菜场里喷了水的红萝卜一样，明晃晃的，泛着光亮。我的心隐隐痛着。

大约蜜蜂也像一些无耻的人一样，深知得寸进尺这个道理吧！没过几天，那是个中午，高兴地唱着"小鸟在前面带路……"一蹦一跳下楼的雨儿，冷不防粉嫩的脸上被可恶的蜂狠狠蜇了下。有了上次痛苦的经历，雨儿这次哭得更凶了，老师们看到泪眼滂沱的她都大笑起来："雨儿的肉太香了！真痛哟！"在老师们的逗笑下，雨儿更是变本加厉地哭着！哭得我恨不得把那后门居住的人家当成宝贝似的蜂箱统统砸碎了才解恨！我站在楼道上，透过楼梯墙上那透气孔望着蜂箱说："要蜇就蜇我吧！别老蜇我的孩子！"一个被蜜蜂蜇过，脚拐了一星期的老师心有余悸地仰着头对我说："不用表白你的心，它自然会找你来的！"

按以往的经验是一开灯，那些傻傻的蜜蜂就以为是天亮了，会争先恐后地往那破破烂烂的窗户里挤。从雨儿被蜇的那天起，我怕得连灯也不敢开。每天晚上到房间，就像入室作案的贼似的，黑漆漆中，小心翼翼地摸索着上床，甚至连说话也不敢大声，以为这样就可以万事大吉了，可这些蜂总不让我安心！

有一次，正当我睡得迷迷糊糊之时，感觉下巴处，有个什么虫子在轻轻蠕动着，很是不舒服的感觉。大概是出于一种本能的自卫吧，我无力地抬起了手，就那样漫不经心地一抹，不好！一阵钻心的痛马上让我清醒了过来。天啊，还真给我来了个永生永世也忘不了的吻！这些蜜蜂也太缺德了吧！不过心里庆幸着，还好，蜇的不是雨儿。

风平浪静了好些天，平安无事得让我那曾经高度紧绷的神经都松懈了，尽管厚颜无耻的蜂还是常三三两两地热切地到房间来来拜访我们，但我也没把它放在心上。好了伤疤忘了痛这本是人之常情，再说人生在世哪能总对一些小事耿耿于怀呢？于是心安理得地过着平静而忙碌的日子。

山风轻轻拂着树梢，阳光明晃晃地照在山冈上，一树像柿子又似杨梅的果子鲜红鲜红的，看得让人流口水，好像我正轻飘飘地向着那飘着香味的果子飘去，就要采到那渴望的果子的，关键时刻，大腿被从树后伸出的一把刀狠狠地刺中，一阵铭心刻骨的疼痛让我顿时跌坐于地……醒来后才知，哪里有什么山，哪来的什么果，分明是被偷偷摸摸而来的蜜蜂偷袭了。

因为怕蜜蜂我买来了杀虫剂，也买来了电蚊拍，塞住了窗户上的所有缝隙，蜂到底是怎么进来的呢？真真不明白了，我坐在黑暗中痛得龇牙咧嘴地摇着头。没办法，惹不起又躲不掉的家伙！

清晨，一群小鸟在窗台外叽叽喳喳地说着动听的话儿，心想也该打开憋了一夜的窗子，透透气，让凉爽的风进来赶走房间的沉闷。开窗后心情一阵舒畅。下楼，煮早餐，不透风的厨房烟雾蒙蒙，热得闷气，正当锅碗瓢盆叮当作响之际，隐隐约约听得孩子的哭声，有位从楼上下来的老师说："快去看看，雨儿哭得很凶，也不知发生什么事了。"我忙丢下手里的锅铲，听得身后哐的一声，知道那是锅铲掉地时发出来的，顾不了那么多了，我使劲往楼上冲，雨儿见了我伸着她的左手边哭边抽抽噎噎地说："这下可惨了，被蜇了三下……"三下？想要命呀？走过去，拿起那只小手，只见手叉处，一连被蜂留下三个口。那扎在伤口处的三根淡黄色的肉刺就像是扎在我心尖上的刀一样。

到了中午，雨儿的手就肿得如色拉斯里刚烤出来的汉堡了，油光发亮，又热又烫。有人说用茄子放些盐打烂敷在患处，可消肿去痛的。哪儿去找茄子呢？大中午的只好走到村民的菜地去，不管三七二十一，偷了一根，用了，也没什么效果。又有人说用空心菜也可，还是没用。只好来个病急乱投医了，什么清凉油、红花油、蜂蜜、蜂蜡，能用的都用了，可是那肿一点儿也没轻，没办法，看来只能等它自己慢慢消肿了！

这场旷日持久、你死我活的人与蜜蜂的较量，让我疲惫，也让我感到无地自容的愤懑与无奈，大活人居然斗不过一只小虫子！看来我们这些貌似强大、战无不胜的人类，有时候在大自然的鬼斧神工面前也只能束手无策、徒叹奈何！

让一颗心从容抵达尘世的欢喜

还没放假，妹妹就三番五次来电话："暑假没事做来城里粘花吧。少做点，一天也可以有五六元收入。粘得快的人，十几二十元，不过那很累，天一亮就得开始，才能做那么多。"妹妹怕我不去，又补充说："很多老师都做的。"

几年前，村子里也有一个妇女，到城里拿来很多带子来，让我们在上面，按要求绣上各种各样的花。星期天也与同事一起做过那活儿，一天下来，挣那么几元钱让小孩买零食吃，也很不错。记得后来，还专门为此写过一篇《为外国人鞋子做花》的文。

再说每到放假，学生们回家了，教室关闭了，心就像秋日里收割完的田野，一望无际地空着，整日里不知要做什么才好。看来还是去粘花吧，有事做总比没事做强。原本就有巧手之名的我，做粘花之事应该会得心应手吧，一天五六元虽不多，不是说集腋成裘吗？两个月下来，也够我和雨儿一年的粮食钱了。当然这样的小钱比起那些日进斗金的人还真不是钱。可我只是个和母亲一样平凡的人。大事做不了，大钱更挣不了，能做的也只是微不足道的事，能挣的也就是这让很多人不屑一顾的钱。

我那勤劳的母亲，一大把年纪了也从不肯休息一天。记得有段时间，她天天早上六点就同村里的几个老太太带着饭到距离我家有五六里路，名叫三岭子的茶厂去捡茶叶，晚上六点多天擦黑了才回家。问她一天挣多少钱，这么辛苦。她说一天有三元五元，有的人多一些，最多的有八元多，最少的一个人一天只能拣一元二三角。也就是说那个老太太，一个小时只能挣一角钱。我知道，对于如我母亲这样生活在社会最底层的人来说，这样一种超负荷的劳动，是一种历练，也是一种无奈。

我让母亲别去，跑那么远去挣那点钱，太苦。可她说农闲时，玩也玩了，力气花了又会再来。如果能做满一个月，老板还会奖她们五元。"我们去了，做了，总是老板给我们钱，我们不用给他钱。"说这话时母亲一脸的平和，一脸的满足。既没有因为挣钱少而自卑，更没有因为她的付出与收入不平衡而怨天尤人。勤劳的父母，一辈子都是靠挣这样的辛苦小钱来养活我们的。感谢母亲，感谢这片生长我母亲那样勤劳善良朴实的人的土地！

我深知劳动是艰辛的，但更多的却是快乐，即便收入微薄，也要感激老天的点滴眷顾。母亲就是这样的，她那朴素的思想，一直深深地、深深地影响着我们。在这个物欲横流的社会，我要时时学会像母亲那样简单、纯粹地生活，让自己的一颗心从容地抵达尘世的欢喜。

注：粘花就是在那些半成形的布头花上粘上各色闪闪发光的鳞片，来个锦上添花，美上加美。

如果心灵弄脏了

　　漫不经心地沿那片青草地走着，听得前面传来一阵争吵声。原来一个戴红袖章的人，在指责一个二十出头的女子。说她不该把手中一大把甘蔗渣天女散花般撒在地上，更不该把一大口浓痰毫不迟疑地吐在这草地的过道上，这样多不卫生呀。女子并不承认是她干的，他们的争吵很快引来在草地上游玩的大人小孩的驻足观望。

　　红袖章有点气愤地说："明明是你做的，还有理了你？"女子伸长脖子有点强词夺理地说："就不是我弄的！谁看见了？想我扫没门！"说完，她用那犀利的目光把自动围成一圈的人看了个遍，见没有人说话，更得意了，冷笑了一声。在蛮不讲理的女子面前，红袖章很自然地骂起了脏话。

　　他们吵得天昏地暗不知谁有理，看客们聚精会神地看猴戏似的看着那一男一女。就在这时，一个六七岁左右穿着镶花边白色衣裙的可爱女孩，拿一张白色餐巾纸，挤出人堆，蹲下了身子。她白白的漂亮的裙摆，如天上飘下的云朵，轻飘飘地跌在尘埃之上，阳光下莹莹地泛着圣洁的光芒；又像是从污泥里开出一朵清雅脱俗的白莲花，静静的，是那样的可人。风把女孩乌黑的头发和她身上的衣袖吹得鼓鼓的。接着，风拂过她身边的草地，一层轻微的绿色波纹荡漾开去，像心底泛起的涟漪，那样的轻，那样的美，美得让人动容。

　　女孩很小心地把那口浓痰擦掉了，就像是擦去白莲上的一块污迹，又像是擦去作业本上的错误。随后，她站起来向前面不远处的垃圾桶跑去，回来后，又弯下腰，拾起一地的甘蔗渣。小女孩善良而弱小。是呀，善良往往是弱小无力的，但孩子的那份善却闪烁着迷人的光泽。游走在红尘中的我们，要怎样去呵护那份善，那份真？

要帮一下女孩，让她知道善良是可以得到嘉奖和帮助的。于是，我忙着弯下腰，小声地说："你真棒！"孩子冲我腼腆地笑笑，没有言语。在我们的努力下，很快，路面上只剩一些细碎得无法用手捡拾的渣滓了。我觉得差不多了，直起了腰。女孩左右看看还是不大满意，再次蹲下，一双小手当扫把，将那些碎屑归拢一起……

做完这些后，女孩从一缝隙里钻了进去，站到那位红袖章男子前面："爷爷，爷爷，不用吵了，地面已经弄干净了。"被称为爷爷的人愣住了："又不是你丢的，你弄什么呀，小女孩？"

女孩粲然一笑，那笑像一束透过云层的灿烂阳光，照亮世间万物。转过身女孩子用一只灰不溜秋的小手指着那女子："她是妈妈，我帮她擦。老师说了，做错了事，就要承认错误，大人也一样。"小女孩天籁般的话语一出，所有吵吵闹闹的声音都消失了，留下的只有心灵的纯净。那位妈妈，那位戴红袖章的人，包括所有在场的人，在真诚可爱的童真面前都缄默了……

地上的脏是很容易清扫的，可是，如果我们把自己的心灵弄脏了，谁能像这位小女孩那样俯下小小的身子，甚至不惜弄脏双手把它清理干净？

梦中的山庄

一脚迈进胜德山庄，宽阔的广场，扑面而来的清风，潺潺的流水，令人倍感新鲜。一条狭长的林荫道后面隐隐约约地显露出红瓦粉墙，亭台楼阁，如人间仙境！这深藏于喧嚣闹市中的世外桃源大有"结庐在人境，而无车马喧。问君何能尔？心远地自偏。采菊东篱下，悠然见南山"的意境。置身其中，一向喜欢东方抱朴怀素的我，情不自禁地沉醉在这充满民族风情的画卷之中。

走进胜德山庄，只需轻轻一瞥，它洒脱、奔放、厚重、淳朴的风格，就能让你着迷，让你不由自主地坠入一见钟情的玫瑰陷阱里无法自拔！这具有东方浪漫情调的景致，是我在阡陌之上不曾遇见过的风景！走进这儿，还误以为踏进了一座美丽善良公主和勇敢多情王子居住的童话城堡里。

美景面前，心好似被一曲琴音拨动的一湖春水，微微动着。迷蒙之间，仿若自己就是那位坐着那辆南瓜马车匆匆而来的女孩。此时，身上穿着一袭拖地长裙，美妙的水晶鞋，正踏在那条象征着吉祥如意的路上。缓缓地行走在鲜花朵朵的林荫道中，一切是那样的安详、宁静、惬意。瞬间，来到一幢似曾相识的楼房跟前，对了这就是我梦中的家园。一时间，欣喜若狂，我走到家门口了。随之，轻轻提起裙裾，拾级而上，以主人的身份，很熟悉地从一扇精美的雕花小门进入。

在这儿，我没有刘姥姥进入大观园的窘迫和尴尬，有的只是一种难得的从容舒适、随意和美满。我张开天使般的双臂，在宽大豪华的客厅里来了个华丽的旋舞。尔后，倚在一扇面临一池荷花的窗前，看荷花点点，荷叶片片，摇曳生姿。远处崇阳河在静静地流淌……

眼中安静的江南画面，浸染出如诗如画的韵味，自然和谐。一阵柔和的风徐徐而来，如一双温和之手，抚摸我这张因生活而疲惫的脸，心不由得泛起一阵涟漪。这是一片无污染的天空，白天，阳光如水；夜晚，月华千年如故。

胜德山庄，这嵌在闽北的宝珠，闪着五彩的光芒，这儿的天是湛蓝的，风是和煦的，阳光是明媚的，这是一片灵魂安静的住所，是芸芸众生千辛万苦寻觅的理想家园。你可以把一切纯真、简约、恬淡的梦放置在这儿，可以抛开人世间的前尘过往，独奏一曲清婉梵音，忘却烦恼，任凭世事沧海桑田。闲暇时，静坐于俗世一隅，看红尘来去，听大地唱着如江南丝竹般轻婉、悠扬、古老的歌谣，于静美中体会、品尝生命中的平和淡泊。或在一盏清茶氤氲的香气中遐想，一任思绪在自由的天空里，踏着落雪般的花瓣，走自己平平仄仄的人生，多美！

是谁在耳边轻轻地唤："姑姑！姑姑！怎么睡着了？"我揉揉睡眼，迷迷糊糊地问道："我们这是在哪儿？""做美梦了吧？"侄儿天真地咯咯笑着，"我们这是在胜德山庄门前的喷泉边。"

没有完全清醒过来的我，心还在梦中美轮美奂的景色中流连忘返，于是，对着他没头没脑地说："真得感谢这一场白日梦啊！"

如果有一天，我真的能躲在这静雅的一隅，卸去一身疲惫，看红尘来去，过悠闲自在的日子，多好！

礼　物

　　天没亮就起床，为的是要赶去城里看《温馨幸福乐园》的揭幕仪式。一路上，透过烟雨迷蒙的春天的窗口，山野间无数的花朵从眼底一一闪过，好一幅春光明媚的迷人画卷！到了书林楼，我这乡下人第一次目睹了平时只能在电视中看到的隆重而热闹的场面。

　　仪式完毕，人们涌向乐园大厅，去看才艺表演。坐在那儿听温馨姐姐那字正腔圆的演说。大约是这场面人太多，雨儿不习惯，就一味吵着要到外面草坪上坐摇椅玩。摇椅上的我们，听得里面时而是朗诵诗歌的声音，时而又飘出古筝幽幽而动人心弦的铮铮之音，并伴着阵阵掌声与喝彩声……

　　坐在那摇椅里，一颗心却随着似有若无的绵绵春雨，飘到时光之外，思绪回到了从前……

　　记忆中，好像每年也有一个叫三八的节日。那节日，除了有半天时间不用上课，可以自由活动外，偶尔也会有那么一个茶杯或一把小花伞之类的小礼物。除此之外似乎再也没有什么内容，更不用说有意义的活动了。而在电视、新闻里各行各业的女子却在这一天过得精彩而有意义。那时心里酸酸的，愈发觉得自己的节日平淡乏味。

　　后来，终于有一次三八节算是过得有趣一点儿。那天正巧是星期六，我到另外一个乡的同学家中玩，同学就带我去赶墟。到了墟上，大街上似乎什么都有，好奇的我们就把每个铺子都挨个看去。走着走着，不知不觉间，走到了镇政府的大门口，看到大坪里聚着许多妇女，抬起头大门口挂着一个红布做的横幅，上面书写了几个大大的字"欢庆三八妇女节"，这

076

情景让我们猛然间记起，今儿是三月八日。

　　走近一看，那些人大都是家在本镇住的农家妇女，其中也夹着几个中小学的老师和别单位的女子。她们有的在跳绳，有的在打乒乓球，有的在玩有趣的盲人打鼓的游戏，逗得在一旁的人哈哈大笑，这场景看得我们心也痒痒。上前一问，说是谁都可以参加。于是，我们就迫不及待地报了名，先去比赛乒乓球和跳绳。

　　报名之后，参加跳绳和乒乓球赛的人很多，一时还轮不到我们。我就跑到盲人敲鼓那儿排队，排了好久，好不容易轮到了我。当眼睛被蒙上一块厚厚的布时，感觉自己一下子就陷入了无尽的黑暗中，眼前漆黑一团，什么也看不见。我摸索着，小心翼翼地迈开怯怯的步子，这样走了几步，也不知到底走到哪儿去了，有没有到该到的地方。这样想着就停了脚步，可什么也看不见，怎么能敲到那只大鼓呢？肯定要和许多人一样把那空气狠狠敲一下，引得大家一阵欢快大笑吧！无意间，我把头抬高了一点点，这时奇迹出现了。哈哈！真是天助我也！从自己的鼻尖望去，前面不就是那个这儿的许多人都想敲的大鼓吗？于是，我毫不费力地举起手，重重地一下，鼓就惊天动地响了起来。热烈的鼓声中听得后面的人兴奋地说："敲到了，敲到了。"那是别人在为我欣喜呀！

　　拉下那块红布，懵懵懂懂之间就有人把一条毛巾送到手上，拿到礼物的刹那，脸有点红。然后，站在一边看别人怎么敲。刚才排在我身后的那个女子一步一步地慢慢向前走去，可她走歪了。一旁看的人不由得窃窃地笑。最后女子的手在空中敲了一下，什么也没敲到。人们发出一阵惋惜的笑声。女子有点丧气地说："唉！又敲不着，我都三次了！"这话听得我心里直想笑。

飞往城市的雀儿

　　在某个冬日的一天，我独自在钢筋水泥森林的大街小巷里行走，突然，一片黑压压的雀儿，从头顶上无声掠过。奇怪！难道这些雀儿迷了路，一不小心就误入这灯红酒绿的市井里？它们会不会找不到回家的路？也许那雀儿也和此时的我一样，只不过是这个繁华城市里的匆匆过客，来这儿也只是为了开开眼界、长长见识，听听城市里那些离奇古怪的故事，过不了多久，还是要回到山清水秀的乡村去的。

　　就在我胡思乱想之际，那群雀儿，像是为了专门回答我内心的问题似的。"呼"的一声，几十只雀，就那样优雅地、错落有致地，落在不远处一幢楼房边的垃圾堆上。它们在那堆乱七八糟的垃圾上，旁若无人地叽叽喳喳叫着，快乐无比地跳着，表达着它们的喜悦。悠然自得地寻找着喜欢的食物，津津有味地啄着、叼着。这哪里像是城市的过客，这分明是城里主人的样子。它们在属于它们的领土上觅食、游戏，老成而持重，快乐而精彩，充分地享受城里温暖的阳光，微笑着面对生活。它们的行为举止，已深深地烙上了城里人那种高贵、自信的烙印。

　　大约雀儿们也深知城里的物质生活，远比农村来得丰厚，你看，那一袋袋红红绿绿被人们随手丢掉的垃圾就是最好的证明。如果是在农村，这样的东西，在那些节俭的家庭主妇手里还是一个宝呢。女主人会把剩下的饭菜拿给家中正在生蛋的大母鸡吃。她期望着这只老母鸡能多生几个蛋，因为听说城里的孩子上学都要吃蛋。鸡喂好了，吃饱了，正在上学的孩子就能多吃几个蛋。吃了蛋的孩子就有力气去学更多的知识，将来，考上一所好的大学，从此走出农村，做个吃龙脉的城里人，多幸福！不像她自己那样，一辈子过着面朝黄土背朝天的日子。或者，主妇们会把这些剩饭剩菜拿到猪栏里，让那头正在嗷嗷叫着的身上有花斑的大肥猪美美吃上一餐。过年时杀了，就多出那么一碗肉来，邀来左邻右舍吃上一顿，要多美就有多美！

眼前的雀儿，让我明白了，这些原本生活在广袤田间地头，栖息于茅草丛或低矮屋檐下的雀儿，知道贫瘠的乡村已无法满足它们求得更好物质享受的需求了，于是，只好告别祖祖辈辈居住的乡间，来到城里。它们就像我那些质朴勤劳的兄弟姐妹一样，背着简简单单的行囊，带着善良，带着对美好生活的向往，成群结队地从乡村通往城市的路上涌向城市，涌向梦想中的天堂……

秋风因我而起

寂静、忧伤，站在窗前，远处一抹如血的残阳，斜照在苍茫的群山之上。头顶的一串风铃无端地吹响，叮当悦耳之音，如多情诗人在深秋里欲说还休的轻轻叹息。一枚又一枚飘忽而至的黄叶，一只从遥远梦境飞来的孤单的蝶，翩翩地停在窗台，如一些伤感的文字，散落在萧瑟的山间小路的石阶上。一缕青烟飞过眼前，年轻的生命，似乎在瞬间老去，沧桑的脸，带着岁月的印痕。落寞无奈的秋，就这样在不知不觉中在我的四周安营扎寨。

苍白无力的生命，正喃喃地诉说着秋的颜色。抬头，天空暗淡得发灰。流动的云，似穿了轻纱的女子，在漫无边际的舞台上飘着、舞着。有一些念想，如眼前的纷纷落叶，在奔波飞舞中凸显生命的苍老和无奈。此时，孤独就像一条远上寒山的弯曲小路，寂然的路上找不到一个行走的人。我站在路的这头，幸福或者快乐却在云深不知处的那头，显得那样的遥不可及。

风掀起如瀑长发，仿若一双微凉的手，正为我细数那些过往的辛酸。淡淡的思绪和万千无奈，被那横空出现的雁阵掏空了，心一下子变得空空荡荡的，像那些落光叶的树。寂静里，感觉有些东西从内心沉落下去，沉落下去……来年，这些似曾相识的大雁归来之时，我落叶般凄清的心事，能否挂在一株树的枝丫之上枝繁叶茂呢？

在这个秋风为我而起的黄昏，那个曾经坐在繁花似锦的树下，拨弄琴弦述说人生向往与憧憬的人，感觉美好正慢慢模糊，渐渐消失。一时间，惆怅、失意，在如风如雾般不可触摸的命运里落泪。

这一刻，身在窗前，多愁善感的心却随漫天枯叶，一地落红，来到缥缈岁月的河边，端坐于一片秋叶折叠成的小舟上。夕阳余晖里，风平浪静的宽广河面，细细的波纹，反射着粼粼的光，我泪光闪闪。岸边争来相送的芦花，一簇簇化作琴弦上的一缕清音，一声叹息；化作人生舞台上一个曼妙的舞姿……风乍起，吹皱风平浪静的河面，如同吹皱一双明如秋水的眼眸，漫天飞絮伴着满地红叶，仿若带着说不尽的千古幽怨……梦幻中，一对美丽的翅膀轻轻展开，划动一生一世的忧郁。

　　云端，落下鸟语的方向，一白发苍苍的老者在说："不必在乎风吹走了记忆，流水逐走了世间所有的温情，更不要在乎，流云遮蔽阳光。只要心依然谦卑，所有的伤与痛，都会被一缕薄云，或一汪流水带走，相信你生命的脊梁不会因困苦、无助而弯曲变形。"立时，一种从未有过的惬意随风漫了过来，沉醉中，我浑然忘却了尘世的一切苦难！

重阳的紫薯糕

闽北建阳人有吃重阳糕的习俗，因为"糕"是"高"的谐音，吃糕就寓意生活步步高升，身体健康长寿。建阳人重阳吃的糕很特别，不是年糕，也不是九层糕、脱水糕，而是紫薯糕。重阳之日家家户户蒸上一锅，大街小巷，市井村舍，到处都弥漫着紫薯糕的香味。

重阳吃紫薯糕，不知是从哪个朝代开始的，没有考证。只知道，这习俗由老祖宗那儿开始，世代相传生生不息，久而久之就成了建阳人特有的文化习俗。

做紫薯糕先准备优质大米三斤，紫薯六斤，五花肉三斤，甜腻的白砂糖六斤。然后将大米、紫薯磨成浆，肉剁成丁，拌匀，倒入蒸笼或黑乎乎的铁鏊子。

刚蒸起的糕，像一枚经历风霜的紫色秋叶，静静地落在农家粗糙阔大的土灶台上，紧挨着圆圆的冒着热气的大铁锅的边，显得大气而庄重。又像山村漫山遍野悄然绽放的纯洁动人的紫色风信子，静静地向四周飘着袅袅香气，拥有一种淡而雅致的古朴风情。那紫是一种让人不忍忘记的颜色，犹如一帘淡紫色的梦，看上一眼，就能获得一份心灵的宁静。

这有着清秋冷艳，又如江南山水般温柔丰腴的糕儿，泛着一层紫色的油光，显得优雅、高贵、神秘。它以一种沉鱼落雁的美貌出笼，向人们展示了岁月的静好。一刀下去，一片棱形或长方形的糕就拿在手中，一口咬下去，那味道，甜而不腻，柔软适中。这浓缩了大米、紫薯精华的特别的香味儿，用湿润的甜蜜安慰着口中所有待放的味蕾。那是烟幕纷飞中的浮想联翩，是对辛苦生活的最好回报。

吃过薯糕，打着饱嗝，无穷的回味就在被染成紫色的唇齿间缠绕！可以说那是尘世里最美的味。在感官的享受中，生活里曾经的黑暗、痛苦都会变成一片多姿多彩的灿烂。仿佛整个世界都温暖、甜美起来。在品评人生的韵味、享受人生的乐趣的同时，所有的爱恨情仇、恩怨得失，都消失在记忆里。

　　在鱼米封藏、瓜果飘香的江南，紫薯糕给了山民一个丰收后完美甜蜜的梦。生活在这儿的人们，不管日子是过得丰衣足食，还是无比艰辛，内心深处总有对紫薯糕的深深眷念。

最初的相逢

今天我就要在这泼墨的山水里打捞一幅绝美的风景画。

满山遍野历经风霜，守望着神农架这片不经尘世污染的净土。领略岁月磨砺，饱经生命惊涛骇浪的山峦、溪涧树木，总是那样从容、坚强、忠诚、乐观与执着。它们默默无闻地用自己一腔豪情渲染生命绚丽的画卷。

重重叠叠的山冈，在一派云蒸霞蔚梦幻般的景色里显现出一片黛青，一堆火红，一抹碧绿，一汪淡黄……太阳用泼墨的笔尖描下图画，那画儿折射着光亮，片片银花闪烁不停，丝绸一般的华美，像童话里的世界一样迷人。

此时一些树上的叶子已经渐渐失去原有的青涩，黄的红的叶子，被秋风爱抚之后，变得热烈多情起来。风儿轻轻拂过，金黄色的叶儿开始飞舞，窸窸窣窣的，像耳语，弥散着一种若有若无的暗香，让人觉得那是秋天飘落的信笺。落入小溪，荡起一圈圈涟漪后，如一艘小船渐渐飘远。而更多零落的树叶，柔柔的，错落有致地铺陈在天地之间，草丛中、石缝里、树杈上早已落满了叶子，一片就是一段朴实的文字，记载着时光在岁月里留下的记忆。

站立在山谷中，看天色像河流似的在头顶无声无息地流淌，听脚底下的山泉水汩汩的悦耳之声。在属于自己的宁静里，一任天上的流云掠过心头的往事……颠沛流离的心此时神清气爽得如同哗哗向下流淌的瀑布，欢快、雀跃！风微凉，阳光温柔，暖暖地照着万物。

轻柔的风拂过，一些叶子耐不住季节的召唤，纷纷落下，扇动翅膀，漂泊着永恒的思念。而随处可见的一树树红叶则是人间烟火深处打捞上来的一个个倾国倾城的微笑。

不远处，一株硬朗的大树落光了叶子，躯干突兀在那里，疏朗的树枝，遒劲有力地拥抱着整个世界。阳光透过光秃秃的枝丫斜斜地照射下来，一地的斑驳，显得博大而壮美。像一位历经沧桑的深沉睿智的老人，在山林中突显出一种不屈的顽强与伟大。

不知何时已不再感伤落叶飘零，突然明白，叶落只是对秋天最好的诠释。于是，俯身捡起一枚飘落的红叶，珍藏在自己的行囊里。

清新的空气里透着薄薄的凉，风也凉凉的，连阳光有时也有点儿凉凉的。不时有鸟儿悦耳啼叫，在头顶盘旋而过，瞬间消失在茫茫山野中。鸟儿掠过的山林好像空了似的，在这个孤独的秋日顿时一种漂泊无依的感觉席卷而来。好在这感觉只在心中停留瞬间，心立刻被更美的景物所吸引……

秋色浸透了思绪，美丽了山水。徐徐的风带来淡淡的喜悦，欢乐轻轻地拂过。浓墨重彩的神农架，如画如诗、如烟似雾。最初的美丽相逢，成了我心中一幅最真、最美的永恒画卷。

葵花向阳

　　离学校不远的路边，有一块堆满碎石、瓦砾、砖头的地，在世人的眼里，那是块绝对无用的废地，于是，人们把不要的东西都往那丢。春天路过那儿，一探头，竟看到乱石堆里冒出一丛丛从《诗经》里走来的苍耳和苦艾。寸土必争的农人，在这块地边上来来回回地走动，对它却连看一眼的兴趣都没有，这是块被世人抛弃了的地。

　　看着这地有点儿心酸，你和我有着同样的不幸——不被看重，没人理睬。能长出茂盛杂草的地，也一定能种点什么作物吧？我心里这样想着。

　　某日得闲，扛上锄头，先把地上的砖头杂物等捡起，顺着地势，围成一个不规则的圈。我要在这片贫瘠的土地上收获微薄的希望，使日子花香充沛。让那些对它视若无睹的人看看，越是贫瘠的地方越能创造奇迹。

　　种什么好呢？就种向日葵吧！这种植物可以在最荒芜的地方开出大朵金灿灿的花儿，结出最结实饱满的籽儿来。一阵忙乱后，种子撒下去了。闲下来的我，就坐在时光的枝头等待，等待一株株幼苗破土而出，等待凡·高笔下的向日葵悄然开放。

　　那些随意播下的种子果然不负我的厚望，不几天就破土冒出一片毛茸茸的、娇小柔弱的新绿。这绿如我某些无法言说的期待，脆脆的、细细的，仿佛风一吹或雨一淋就会从这个世界上消失得无影无踪。

　　再过些日子，就见一棵棵高高的向日葵傲然挺立。一朵朵金色的花如孩童胖乎乎的圆脸，在毒辣太阳的炙烤下绽放出阳光一样热烈的灿烂。花瓣与阳光镶嵌出的金色，火一样地温暖着我一直有点苍凉的心。望着这些亲手种下的向日葵，我明白了一个道理：吸足阳光，生命的脊梁就不会因困苦、无助而弯曲变形。

在我面前，葵花把生长、开花、结籽过得如行云流水的日子般平凡而淡薄。金色的花朵里有着金子一样可贵的品质。我的生活也因这几株开着的向日葵变得不再平庸。一时间，惆怅、失意，都在如风如雾般不可触摸的光影里消失殆尽。

心底里深埋对大地的感恩，怒放后的葵盘，像所有带着满身果实的成熟植物一样，没有半点的凄清与苍凉。它们明白，来年，生命的激情将再一次梦幻般恣意燃烧成让人仰望的烈火，再次激发起人们对生命的热情和对生活的渴望。

属于乡野的朴实花儿，我的向日葵，亘古的气质里蕴含刚烈与顽强。希望自己也能如快乐勇敢的向日葵，不向恶势力低头，更不向命运屈服，只一心向着灿烂的阳光。再孤独无助，也不要靠近阴霾；再柔弱无依，也不要惧怕气势汹汹的邪恶……

我要永远伴随着太阳的脚步，跟着太阳的方向，击败生命里的苦难去收获一寸寸阳光。

新闻里的爱情

　　闲时喜欢轻点鼠标看网络新闻，有一天看了几段这样的新闻：

　　为了挽救患尿毒症的妻子，丈夫决定捐肾，坚持"暴走"九个月，每天攀爬十千米以上，跑坏了四双球鞋，体重减了三十多斤，最终将肾成功移植给妻子。

　　下岗男子为救患上尿毒症的妻子，私刻公章免费透析数百次，四年骗取治疗费十七万元。

　　一沙发厂失火，事发时丈夫买菜回家，发现失火不顾劝阻上楼救妻，结果双双身亡。

　　渔夫救妻，会游泳的渔夫托住不会游泳的妻子往岸边游，终因体力不支，双双溺亡，捞上岸时，两人拥在一起，男人的一只手抱着妻子，另一只手伸开，做出划水的姿势。

　　新闻里的爱情，看着看着，枯井一般的眼睛里竟有了泪水，真的被深深地感动了。今天看到的新闻，说的都是惊天地泣鬼神的爱情。也许只有真爱才能令生命具有无限光芒吧！

　　完美的爱情里，纵然隔着千山万水的艰难，纵然身在万丈红尘、滚滚浊流中，也会有人在心的一隅给这个世风日下的世界，刻画出一幅幅最美最真的爱情图画来。

　　新闻里，两位患上尿毒症的妻子是不幸的，身患绝症是何等的凄苦。好在她们都遇上了好男人，所以说她们是天底下最幸福的女人。

　　他们一个情愿把自己的肾移植给妻子；另一个为了妻子能在这个多灾多难的世上活下去，做了违法的事。前者让人敬佩，后者令人同情。若不是民生艰难，若不是家中没钱，那位丈夫又怎么会去刻私章行骗呢？

人的思想世界是一个曼妙的世界，它能在危难之时流淌出纯洁动人的人性之美。那位冒着大火去救妻子的丈夫，那位至死也保持着救妻姿势的渔夫，他们的举动是何等动人与伟大。他们把宝贵生命献给爱情，做到了同生死共患难。他们在高空中飞扬的灵魂，在着陆的那一刻，握着的一定是一份永恒的爱情。他们所做的一切，只为了兑现当初"执子之手，与子偕老"的诺言。

新闻里的那几位普通平凡的男子，也许他们和妻子从来没有过花前月下、海誓山盟，可是他们却是用生命来爱妻子的。这些生活中最平常不过的人，在爱情里个个都是铁血柔肠的伟丈夫。他们用实际行动，给世人留下一场生死与共的轰轰烈烈的爱恋。他们在做认为该做的事之前，记忆里，一定忆起了曾经的承诺。在他们的爱情遇到危难时，这些承诺，就化作一缕光阴里的暖，一种一往无前的力。

光阴流经了岁月，这些写在新闻里的爱情，成了让人传颂的故事。读着这些动人的故事，会有多少感情麻木的人感动得热泪盈眶。

"问世间情为何物，直教人生死相许？"他们为爱牺牲的壮举，就是世风日下的今日最美的爱情之歌。这歌将永远地飘荡在人们心头。

骚　拐

上初中那年，开学后一直没有数学老师，一个多月了，才来了个白白净净戴眼镜声音细细的男人，他自我介绍说叫陈君晖。

课后，听李师母说，为一张画，他蹲过牢，刚来青桐公社劳动改造没几天。知道他不光彩的历史后，同学们有点儿怕他，幼小的心灵总觉得牢里来的人不好。

当面我们叫他陈老师，背地里就叫他细声。

细声的课上得不错，逻辑清晰，无论哪种难题，都能讲得头头是道，让人容易听懂。特别是在黑板上画个图什么的，那个好看呀，有时会让全班欢喜地叫出声来。他没事时喜欢到山上或小河边走，见惯大山的孩子因此笑他傻，大山有什么好看的？河水有什么好看的？他乐呵呵地说："仁者乐山，智者乐水。"

"您是仁者、智者吗？"

他答非所问："这儿的山水真美！"鬼才信他的话。穷乡僻壤的，有什么美可言？渐渐地，他与学生打成一片，孩子们都喜欢他了。

一天，校长铁青着脸来让大家自习。大家问："陈老师呢？"校长没回答，转身走了，留一个大大的疑问给班级。这时家里有人在派出所上班的小丫站起来神神秘秘、吞吞吐吐地说："我知道，细声与后街地主家的小女孩情乱搞男女关系。"说到这儿，小丫脸红起来，捂着脸坐下不说了。同学们急了，呼地一下围上去，小丫不说都不行了，只好说："女孩肚里有了……要自杀，他去救，摔断了腿。"

"呸！到底是坏人！真坏！"

二十天后，腿瘸了的细声一瘸一拐地来了。据说是校长去求了好多人，才让他来教我们的。原因是找不到更合适的人来上课。细声做了丑事断了腿，村里的干部不让他医治。只让懂一点草药的丁婆婆给他找来几帖接骨药敷一敷，细声从此落下残疾。

　　学生们不再叫他细声，改叫骚拐。骚拐还带来个十五六岁的漂亮女孩，名字叫倩，女孩肚子微微挺着。骚拐让校长出证明去了医院，据说被校长臭骂一通。肚子大了的女娃，就住在学生宿舍，他还让她跟我们一起上课。我们都讨厌那女孩，说她风流，那么小就会那个，没人理她。

　　骚拐的课依旧上得有声有色，只是再不到山上或水边去。一有空就把女孩叫到房间里教她读书。女孩也投桃报李，给他洗补衣服，衣服倒是洗得干净，但补的针脚真是太难看了。可他不在乎，乐呵呵地穿来上课。

　　骚拐平了反后，参加了国家级油画大赛。一幅《站在悬崖上的女孩》中的旷世的凄美一下子就抓住了评委的心，他得了大奖。

　　一天，平静的校园来了一辆小车，我们跑去看，见一个很有风度的年轻女人抱着骚拐哭，骚拐也跟着哭。

　　"找你找得好苦，幸亏那幅画。"

　　骚拐的前女友要把他带到省城去，然后一起出国。他不去，说这里山好水好人更好。最后，那女的一步三回头几乎哭晕了，最后是被扶上车的。

　　老师们悄悄议论，女的是他前女友，也是学画的。听说女子当大官的父母刚平反。还说骚拐坐牢与她有关。

　　第二年恢复高考，骚拐家的女孩考上了美术学院，骚拐也成了公办教师被调到县城一所中专当美术老师。女孩上大学的前一天与他成了亲。

　　不久，青桐村的大队长被回城的女知青告发。公安局里他说："女知青为了回城，是自愿送上门的；地主家的小倩，也是甘愿用身体还钱的。你们凭什么抓我？"

　　原来，倩借了大队长三块钱，大队长不要她还钱，要她陪睡觉。女孩怀了孕，几次找他想办法，男人不承认有过那事。女孩也不敢与天天被批斗的父母说，就自己跑去跳崖……

　　知道真相后的大伙都说："幸好遇到了骚拐。骚拐是好人，好人有好报。"

走进五月

　　历经了大风降温、屋内停暖、寒冷难熬的十多天后，坝上的劲风一下子把我们送进了火红的五月。

　　走进五月，便走进了一个全新的世界。恼人的狂风，在五月的号召下，也收敛了往日的粗犷，由强劲而变得柔和。五月和煦的微风似一位轻柔的少女，用她那纤纤玉手，轻轻地抚弄你的脸颊，让你感到惬意和温情。她柔柔地抚过你的心田，在你的耳畔喃喃细语，很快就将你心中的寒冰融化掉，让你一扫往日的阴霾，阳光地面对生活。微风中，常常夹着淡淡的花香，扑面而来，沁人心脾，让人沉醉其中，流连忘返。

　　走进五月，也便走进了一片绿色的世界。不经意间，你会发现，五月的风吹过，染绿了院内的草坪，染绿了路旁的小树，染绿了田野的庄稼。没过几天，小草、树木、庄稼全都争相舒展着它们那嫩绿的腰身，迫不及待地展示自己漂亮的身段，竞相争宠。那些经过了漫漫的寒冬，看惯了光秃秃黄山秃岭的坝上人，无不眼前一亮，带着满心的欣喜欣赏这难得的绿色。五月让坝上显得生机勃勃。

　　走进五月，便走进了一片花的海洋。看，机关院里那一丛丛令人注目的丁香花正悄无声息地、一点点地展开她那娇羞的俏容，似一位韵味十足的少妇。少了少女的青涩，多了少妇的雍容。白里透着粉，粉中夹着淡雅的红，娇滴滴、粉嫩嫩，犹如一件稀世珍宝，高雅、娉婷，让人垂涎欲滴却欲近不能。

　　走进五月，便走进一个火红的季节。五月的坝上，到处是一片忙碌的身影。劳动的号角在五月的天空吹响。看，城市中的五月，机器轰鸣，城市三年大变样的战场正处处铺开。到处是劳动者奋战的身影，在彩旗招展处，劳动者正用辛勤的汗水，修路、架桥、盖楼、绿化，在他们的巧手装扮下，一座新的城市正拔地而起。乡间的五月，也是战斗的五月。农民们和时间赛跑，汗珠子摔了八瓣，不辞辛劳地在田间播下一年的希望，用那一双双粗糙的大手，为大地披上了美丽的绿妆。五月的节日，不愧是这些劳动者的节日，光荣的花环，当之无愧地属于他们这些人。

五月，风轻柔、雨清凉、花锦簇。五月，阳光明媚、大地葱郁、山峦叠翠、湖水碧秀。走进诗一般的五月，唤醒你心底涌动的文字；走进画一般的五月，激发一股创作的热情。五月，带给人的是无尽的遐思。恍惚间，总能感觉得到大自然那田园般的神话美景。

五月的世界，诗情画意，风情万种。

五月的乡村

　　五月的风轻轻掠过原野，五月的花绽开迷人的笑靥，这一刻，我该用怎样的温情来描绘你呢？我五月的乡村，你那旷远无边的山冈、田园，你那一大片浓得化不开的绿意，早已在我纯洁的心里烙下不可磨灭的印记。

　　我风和日丽、繁花似锦的乡村，此时，山坡上一树树红艳艳、白莹莹、金灿灿的花儿，正挂在五月的枝头，在那青山绿水的映衬下，绽开她多情含蓄的美，如婉约女子的心事，说不清、猜不透，又似天边的云彩总会引起人们发自肺腑的赞叹！

　　晴空下，阡陌交错的漠漠水田中，健壮的男子正弓着腰一板一眼地插着疏密有致的秧；挑着秧苗的农家女子，盈盈脚步穿越遥远的春天，正从弯弯曲曲的田埂上，袅袅婷婷而来。这情形，定格成为一幅淳朴悠然的劳动画卷，悬挂在乡村阳光灿烂的画册首页。

　　路边的香椿树，在不知不觉中，早已绿荫森森地铺陈开来。村头那棵大大的樟树拉起的巨大的帷幕，仿佛一朵绿色的云彩，遮盖在村庄的上空。远道而来的你只要一脚踏进这清幽淡雅的村子，所有的红尘往事，所有的不如意都会瞬间烟消云散，心里会立刻充溢着飘逸和温馨。

　　清丽明媚的荷花，一盏盏静静伫立在烟雨朦胧的夜色里，一张张摇曳的荷叶如长裙舞在梦的边缘，一瓣瓣花瓣在绵绵密密的雨中注满一滴滴如珍珠般闪闪发光的晶莹水珠，也许这就是那痴情的林妹妹还给她那宝哥哥的报恩之泪吧！一片片无法承受生命之痛的船形花瓣，在万籁俱寂的夜里悄悄落在清清水面上，那或许就是绛珠仙子香消玉殒后乘风归去的美丽船儿。

　　而我们这些凡间女子，在五月这样的雨夜里，则喜欢蜷伏在散发着淡淡清香的被衾里，蜷伏在湿漉漉的夜的怀抱中，听外面淅淅沥沥的雨和着动听的蛙鸣，带着一份慵懒，想象着生命中一些无法圆满的缺憾，任明明灭灭的轻愁连同那微微的痛，渐渐散开，散到那夜的最深、最浓处。

　　五月的乡村真的美得如同童话世界里的村庄。

江南夏日

　　草木葱郁的夏日江南，阳光火热、天空浅蓝，到处都能嗅到花开的气息。

　　黄昏浅浅的余光里，沿一条弯曲的山涧走去，叠叠荷田，如携一身芳香、拂尘而来的女子。飘逸的裙裾上缀满朵朵或红或白的花，如霞似雾一般漾开。燕子轻盈地掠过水面，一圈圈涟漪荡荡漾漾开来。如音符般美丽的蜻蜓在头顶旋着、舞着，如同一群快乐的天使。倦了，息在绿绿的叶片上，或多彩的花瓣上，黄昏在它们薄如蝉翼的翅膀下生动起来。涧底漫上似有若无的波波水痕，濡湿了傍晚柔软得略带香味的空气。

　　远处，如黛青山，在轻纱薄雾里，若隐若现。青山后面，青青瓦顶、袅袅升起的炊烟和一堵斑驳的土墙依稀可见。一对又一对归林的倦鸟的翅膀上，驮着晚霞闪烁的光芒，偶尔落下的一两声清脆鸟鸣，像熟透了的山果从高高的树杈滚落草丛，触摸生命原始的脉搏，引起一阵轻微的跳动。三三两两劳动了一天的农人，携锄在肩，有的手上还握着一把随手采来的青青野菜，他们表情有点木然地在小路上无语地走着，赤裸的粗大脚板一下下拍打着脚下还有点烫人的崎岖山路，像是在拷问有点悲苦的生命。从一片苍苍芦苇坡上走下两头水牛，水牛身后是戴着竹笠，嘴里不停吆喝着的牧人，人和牛向着山路的另一端渐行渐远。

　　近处，碧绿的稻叶和草尖上，挂着一颗颗亮晶晶的水珠，这些水的精灵，把水意浸润得忧伤满怀，好似流年中那些百转千回的痛。此情此景，如一只无形的笔，蘸着墨水，向微微发黄的宣纸点去，纸上渐渐晕染开的墨痕，轻浅而去，尽头，似有淡淡的忧伤呈现。那淡淡忧伤似挂在默默无言地行走在山路上的农人的脸上，又像藏在我心头某个隐秘之处。

　　山涧两边无名的花朵，一树树、一枝枝、一丛丛，大红、浅红、鹅黄、深紫……像那些默默无闻生活在大山各个角落里的淳朴山民，让自己平凡的生命在贫瘠的山谷、毫不起眼的涧边，迎风怒放。起风了，缀满枝头的繁花纷纷扬扬，或孤绝清丽，或婉转凋零。探身一望山涧，不觉痴了，千红飞过，满地花香，清清水面上薄薄地散着一层花瓣，像凋零的心事，随水面流着，很洒落，很超然。有如奥黛丽·赫本那无人企及的高雅与脱俗，大自然的美妙与沧桑实在让人惊叹。

　　孤寂原野，流水叮咚的声响，穿越阡陌，穿越风雨，仿若一首醉在江南美妙意境里的唐诗宋词，直抵心灵深处，轻易地把浮躁的心事浸润得清凉起来。山谷里吹来丝丝凉风，把某些尘世的渴望荡开，此时，我有些恍惚……

　　站在这片古朴清幽之地，拥有一份落花流水般淡然宁静的心境，顿感天宇明净。

我的南瓜城堡

一

路过某菜园，见一蓬南瓜秧，脆生生、绿油油，在风中轻轻摇曳，像一窝把头探出巢的小鸟。心里喜欢，萌生了种南瓜的欲望。这全是因为看到一篇名为《碎砖地里的南瓜花》的美文后，知那些金黄色的花、绿绿的叶都是极好的菜蔬。

有次回去，村里有个叫阿忠的小伙，到外地打工时找来一漂亮的闽西老婆。那女子，怀孕时，什么也不吃，天天到各家菜园去采南瓜花和南瓜茎叶吃。村里很多人觉得好奇，看她竹篮里盛着一篮金黄的花，或提着一捆碧绿的叶，带着清清的香在青石板上飘过，人们眼睛里狐疑、不解和好奇全有。女子走过，村民就躲在一边悄悄议论："那也能吃？我们从没吃过。"

这天，正巧看到那美女喜笑颜开地从村尾走来，两只纤纤玉手各攥着一大把南瓜花，金黄透彻，芳香四溢。心一动，快步跑到菜地，一看，傻了眼，母亲的南瓜一朵花、一片嫩叶也找不到了，只剩一些老叶老藤迎接我的到来，很是遗憾，总想着什么时候要大快朵颐一次。

小学课本上的一则童话里小白兔说："只有自己种的才有吃不完的菜。"对了，种上两株，想怎么吃就怎么吃，多好！菜园一头，有个佝偻着身子正在拔草的老者，见我向他讨南瓜苗，布满皱纹的脸满是和善的笑容。春阳下一脸的沧桑笑容，像一朵开在山野的南瓜花，亲切、温暖。老者有点怀疑地问："你会种这瓜？"我十分虔诚地点点头，心里想：别小看人，俺自小在南瓜城堡里长大的，种南瓜没问题。

手捧秧苗，围着校园到处寻找能够种下它的地方，偌大的地盘竟然找不到种两株瓜苗的地方，心底涌出几份遗憾。

对南瓜最初的感觉，并不是缘于那辆华丽的能承载灰姑娘许多幸福与快乐的南瓜马车。在我生活的贫瘠山村，是根本找不到那样美丽得令人神往，让人产生出许多非分之想的童话来装饰童年生活的。

喜欢南瓜，对南瓜有种与生俱来的爱。这大约是受了母亲的传染吧！不论是在那瓜菜缺乏的岁月，还是在现在丰衣足食的日子里，每到春末夏初，母亲都会见缝插针地种上南瓜。

南瓜在风中飘着浓郁的气息，浸染着属于自己的天空。我呢，夏秋之季，总喜欢一个人去看躲在房前屋后、田间地头，一架架、一棚棚，碧莹莹的叶下挂着的，或绿意盈盈，或黄得耀眼的南瓜。

有时静坐于瓜棚一隅，借一段时光，伫立凝望，看红尘来去，一梦千年，千年一梦，仿佛风过无声，水流无痕，体悟季节更换。这一刻，在温情背后，花开花落，潮涨潮退，一任南瓜花、叶、果在红尘深处散发着醉人心魄的香。心在繁华之外的轻盈里，天高地阔，纯净无染。顿觉一种甜丝丝的清新涌上来，感到连生命都浸染上一种促人奋进的颜色。

二

我最深的记忆是与南瓜有关的。有南瓜的日子，父母喜欢把所有收获而来的南瓜堆放一起。我常常一个人在南瓜城堡里玩得忘乎所以。所以常想，那大约就是我的有关南瓜的童话吧！尽管这童话故事听起来有点苦涩，但是，却能给我们平凡的生活带来一些乐趣，也足以让经历艰苦岁月的父母在谈到那件事时喜笑颜开。

那时刚会走路的我，脚上生了疔子，家里买来了一盒药膏，一天清早起床后，母亲给我上完药后，就去忙她的早餐了。等吃饭时，才在放着十几个大南瓜的房间里找到我。据说当时的我正忙得不亦乐乎，嘴里念念有词地说："这也涂涂，那也涂涂。"母亲一看，头天晚上买来的一盒药膏，全让我涂到一个个金黄金黄的大南瓜上了。

懂事后，父母对我说起这事，我问："那些上了药的南瓜呢？"他们告诉我，全吃了。听到这里，心里就有几分内疚，那些被涂得油腻腻的，带着药味的南瓜，能吃吗？他们乐呵呵地说那里有幸福的味道，好吃得很呢！每每听此，就感到有一份浓浓的暖穿过身体。

这不是在花开无涯的梦境中，而是真实地存在于我童年芳草萋萋的生活里，存在于那个极度缺衣少吃的年代中，存在于我儿时灿烂无邪的笑靥里。于是，每逢父母谈起此事时，心便有了浅浅的疼和无奈的痛！后来才知道，那是个极度缺吃的年代，除了一点紧巴巴的口粮之外，再难找到能填饱肚皮的瓜瓜草草，那些涂了药的南瓜，能不好吃吗？

日复一日，年复一年，时光如昨，依然丰腴、柔软、香甜。一些零星的记忆，生活的琐碎，酸甜苦辣的味道，都在一次又一次的过往中走远。长大后，我更爱温婉醇厚的南瓜，什么南瓜饭、南瓜粥、焖南瓜、炒南瓜，心底对南瓜的渴望泛滥成灾、欲罢不能。

南瓜成熟的季节，炊烟飘起的时分，从村子走过，闻家家户户飘出来的煮南瓜的诱人香味，是一种绝美的享受。一任想象里的暖，顺着艺术的藤蔓，流向一个个挂在心头的硕大的南瓜，让那些躲藏在心底的薄凉，在岁月深处悄无声息地散尽……此时，仿佛整个生命都在南瓜浓浓的香味里灿烂如春。

如今，我好像还住在金碧辉煌的南瓜城堡里，守着清贫的日子，像南瓜一样卑微而朴素地活着，于平凡之外营造着平凡。城堡外，高天流云、沧海烟波，不染浊尘，如陶渊明笔下的世外桃源。

淡定如茶

在茶乡长大，茶就像是我的影子一样，一直在我的生活里进进出出。所以，如今琳琅满目的饮料无法吸引我的目光，最贴近我生活的是茶，我最爱的也是茶。

一到春天，翩跹的风儿，如美少女长的飘着的裙裾缓缓拂过群山，向着沟沟坎坎、田田垄垄而去。这时，茶山上的新绿仿佛一夜之间就漫山遍野地冒出来。那绿像玉一样，粉嫩得有点儿透明。阳光轻轻地在嫩嫩的茶尖上跳动，像古代美女的舞姿。看到这些，村里种茶人的笑脸也一张张在春风中传递着。春来了，春茶来了。

小时候，村里的孩子都很野，成天上山下河。玩累了，浑身是汗地回到家里，不是找妈妈，也不是找饭吃，而是对着热情的茶壶张开双臂来个拥抱。小嘴对着茶壶嘴咕噜噜一大通，清洌的茶水大口大口地流进了肚子，那股透心的凉爽，比喝了琼浆玉液还要美上百倍千倍。

长大后烦心事太多，常常端一杯好茶洗涤沾染尘土的心。用一杯茶来忘却尘世的忧愁烦恼，让艰难的处境变得悠然、恬淡、雅致起来。

有茶的日子，总喜欢手捧一杯热茶，一个人静静地坐在楼头，看青山若隐若现。听不远处一汪河水浅吟低唱着古老的歌谣。茶温暖着所有的记忆，有了茶再苦的生活都变得像清香的春日茶园，丰富、美丽、平和、宽容。

学会上网后，也试着写一些有关茶的文章，虽然写出的文章不是什么锦绣好文，连自己也不是很满意。好在也有一些文字变成了铅字，总算可以宽慰我的心。其中《一杯茶香》还被《台湾文学年鉴》收入。有的还漂洋过海，把我们中国的茶香和茶的美好带到了世界各地。

在经历人生的万千苦难时，是茶氤氲的芳香为我抚平沧桑；纷扰的岁月，尝遍人间酸甜苦辣，苦不堪言之际，是茶，让荒芜的心豁然开朗，绿意丛生。

"一瓯解却山中醉，便觉身轻欲上天。"闲暇时，取清冽山泉，煮一壶茶水，雾气袅袅中，香气弥漫而来。享受着闲情与散漫，一任旷野的风悠悠地在头顶上吹拂着，一任无边无际的霞光在天际纵情铺展，心在一片灿烂至极的景色中，随淡淡茶水返璞归真。

韶华易逝，岁月无声，沧海桑田。缕缕茶香能稀释郁积，使得心儿轻松愉快起来。

有了茶就不管它世事变迁，斗转星移。我的世界淡定如茶。

心醉在查干湖梦中

查干湖，一颗镶嵌在崇山峻岭之间的璀璨明珠。几千年、几万年的时光飞逝而过，它依然清澈、湛蓝、沉静、安然。

——题　记

站在湖畔，任寒风吹起长发，吹起衣袂，任思绪天马行空阅读四季如画的查干湖。

春天，氤氲的湖面上，湖水悄悄睁开眼睛，与所有美好不期而遇。小草嫩绿，初绽花儿，三两只高贵而美丽的天鹅静立着，犹如临水照花的美人儿。这世外桃源般的人间仙境，缥缈恍若梦境。

渐渐地，一轮红日缓缓升起，立时，浩瀚的湖面波光粼粼，金光灿烂。不时有带着美好的飞鸟从水面一掠而过，水面便荡起层层涟漪，这涟漪温暖而湿润，流淌着幸福的快乐。

夏日，四周茂密的苇草倒映在水中，像一幅淡雅的水墨画，静静地，亿万年地挂在那儿。千里之外吹来的风，像母亲的手温柔地抚过温润的湖水。

偶尔，会有一条鱼儿蹿出水面，打破这亘古的沉静。阳光泼洒在蓝色的水面上，荷花丛中远远地传出一声声动听的采莲曲。那一朵朵盛开在灵魂深处的荷花，告诉打马走过这儿的人们，查干湖是位纯洁善良的天使。

深秋，浩渺的查干湖气爽风轻，夕阳为湖畔的万物镀上了金色的光芒，为美丽的查干湖增添了几分富丽堂皇。偶尔一片叶片投向湖面，从此，查干湖就有了心事。这心事，若秋菊馨香弥散，淡淡的让人难以忘怀。清风带着潮湿的气息，荡涤岁月遗落的尘埃，悠悠湖水一片澄明清净。

冬日，银装素裹的查干湖似一块晶莹的碧玉，辽阔而静谧。远处夕阳的余晖把天边烧得通红通红的，与满目枯草黄叶的苍凉的塞外浑然一体。高高的天空的深处空旷而雄浑，一派壮丽。

烟波浩渺的查干湖，以其古朴与典雅吸引着四面八方的来客。但我更爱她质朴的品质，更钟情那些有关铁木真嗒嗒马蹄的过往岁月，一个骑马挎刀的少年翻下马背，来到我身边告诉我，这里曾发生过多少风花雪月的浓情……

花瓣轻轻飘零，云儿轻轻飞扬，曾经的一切，已经化作倾城烟雨，珍藏在清清湖水最柔软的深处。

查干湖，喜欢您淡泊中的刻骨铭心，喜欢您波澜不惊的云淡风轻。我想用一幅幅画来展现您的风姿；用一段段穿起千年的往事，编织起一个又一个绚丽多彩的梦；用一句句诗的语言，深情地把您传唱……

查干湖，母亲湖，梦中之湖。此刻，心醉在查干湖梦中！

梦中之城

一直想拥有一间小小的房子，让我从白天待到黑夜，从青丝待到白发，永远永远待那儿。黄昏来临的时候，站在阳台听溪水哗哗流动的声音，看点点渔火把黑夜点缀。清晨睁开惺忪的睡眼，看阳光满天、小鸟飞翔。迎面吹来的风，让幸福像散开的云霞，到处都是。

没想到还真的看见了这样的城，它就是武夷新城，理想之城，梦中之城。

那一刻，好像是沿着一条彩云铺就的路，就这样飘飘地走向它。远远望见，楼房依山而建，背后靠着连绵的大山，前面是美丽清澈的崇阳溪水。建筑高低错落，层次鲜明，具有现代城市的风格。

当我走近它才知道，这是座环境优美、民风淳朴、邻里和谐的城。这里空气清新，没有污染、噪音。公共生活丰富多彩，社会治安良好，人人友善，不偷不抢。

这座城有便捷的交通网络连接，无论你是坐汽车、火车还是飞机，都很容易到达。城里有先进的生活设施，公交系统贯穿全城，人人都能乘公交车、骑自行车上班或上课。一条条纵横交错的充满活力的街道上，有医院、繁华的商场、宽敞明亮的校园、幽静的休闲场所，有繁花似锦的城市公园。

蓝蓝的天空飘着朵朵白云，四季都有开放的花儿飘荡着迷人的香味儿。生活在城里的人们上班的上班，上学的上学，用自己的双手默默无闻地去创造幸福生活。一切都是那样的井然有序，那么的安宁淡然。

黄昏过后，整座城市华灯齐放，江水在灯光的映照下犹如童话世界里的彩虹桥。居民踏着优雅的舞步在广场的灯光下翩跹起舞，展现人们热爱生活的激情；笑容满面地在异样繁华的夜色里聚会、看电视、读书、听音乐。入夜，湛蓝天宇、璀璨繁星、浩瀚星空和我们约会，人们尽情享受着自然赋予人生的宁静、快乐。

　　新城建设者们，在努力提高人民群众物质生活的同时，也在奋力提高人们的文化生活水平。他们重视社区群众文化建设，不断改善文化基础设施条件，努力让这座城市更有文化品味，让居民生活得更加舒适。

　　这就是我心中的理想之城！

中看不中用

　　人们很容易忽略一些事物所蕴含的肉眼所看不到的东西。记得在一次看似不经意的劳动中，父亲为我们上了这样生动的一课。

　　我们这儿，端午节除了吃粽子，看龙舟，挂菖蒲、艾草、葛藤外，还有一个不大为人所知的习俗，就是在端午节这天一定得吃上几个杨梅，说是这样就可以强身健体、百毒不侵。

　　有一年的端午节，吃过午饭后，我和弟弟妹妹跟父亲到后门山上采野生杨梅。动身前父亲就意味深长地对我们说："后门山半山冈上有两棵杨梅，到时我要看你们是冲着哪一棵跑去的。"当时我们也没在意父亲为什么会这么说，更不知道他说这话的真实用意是什么。

　　待我们几人气喘吁吁地爬了好一会儿的山后，顺着父亲手指的方向，远远地看见了万木丛中两棵距离不是很远的杨梅树都挂着累累果实，无言地站在那儿，好像正睁大眼睛看着无知的我们到底会喜欢哪一棵的果实似的。

　　走近一些，有两棵树，一棵上面的果子又大又红，一串串地挂在枝头水灵灵的，泛着诱人的光芒，让人一见就有一种垂涎欲滴的感觉，恨不得马上采到篓里，吃进嘴里才过瘾；另一棵的杨梅果与之相比则显得个小而没什么光泽，就如山村那些相貌平庸的女子般，没有婀娜的身姿，更不具备俏丽的容貌，根本引不起我们采摘的兴趣。

　　这时父亲像个哲人似的嘿嘿地笑着说："你们不采的我来采，不过我敢断言，不到三分钟，你们会全跑到我这棵树上来。"他边说边往那棵被我们置之不理的杨梅树走去。我们都笑父亲是个大傻瓜，好的不采，偏要去采那不好看的杨梅。

　　爬到树上，站稳脚跟，我看准了一个又大又黑的杨梅，就有点迫不及待地摘下来往嘴里送，算是先犒劳一下自己吧。在我还没品出味儿来的时候，就听得妹妹在那儿"呸呸"地吐着："啊！这是什么杨梅呀？又酸又涩，还有一股令人难闻的松油味！不能吃，不能吃！"

　　"哈哈！知道了吧？你们被那棵杨梅树给骗了，这就叫作中看不中吃！我这棵杨梅虽然外形比起你们那棵来要差了许多，可以说是其貌不扬，但吃进嘴里肉厚核小，甜津津的让人越吃越想吃，越吃越爱吃。杨梅也像我们人一样，长得好或说得好的不一定就是有用的人，所以好看的杨梅有时看得吃不得。《三国演义》里的马谡平日里能夸夸其谈，可是一到战场上他那些纸上谈兵的策略就没用了，连诸葛亮那样神机妙算的人也以为他是个人才，让他给骗了。"父亲说的话让我想起村里一个叫三寸布丁的人常在人前无不得意地说："你们看，杨柳青高大不高大、英俊不英俊，可最没本事，过的什么日子；再看我个子细小不细小，人丑不丑，但一家大小吃得好，穿得好，光皮桔有什么用？"

　　此时，我才模模糊糊地发现，这大概就是父亲要告诉我们，生活中有些事光凭肉眼是看不明白，也无法看明白的！

　　看来无论是植物还是人，都有中看不中用的。而我们常常被其可爱的外表蒙蔽，无法知晓那些好看的外表下真实的面目。如果我们能透过事物的现象看本质，那么就能从某种意义上更好地体会人生。

梨　花

　　一个春暖花开的傍晚，一群放学回家的男孩女孩，在村子里玩起捉迷藏的游戏来。先前大家只在村里人家的屋檐下、门后角落里躲藏着，快乐无比。结果粗心的小东把张奶奶家放在大厅里糟蛋用的一个坛子打破了，张奶奶见了怒发冲冠，手里拿着一把竹筛边赶边骂。被骂得灰溜溜的我们，并不甘心就此偃旗息鼓地回家，而是余兴不减地跑到村尾去。那里天宽地也宽，想藏哪儿就藏哪儿，再也不必担心因损坏人家的东西而被骂，多爽，但也有人说那儿太宽太大了，找人不容易。

　　最后，五爷的梨园成了我们选定的活动目标。因为那地方不但很大，而且野草丛生，最适合孩子们躲藏了。让人想不到的是，我们此举竟惊动了一对藏在野草丛中的"鸳鸯"。几天后，那个叫梨花的女子突然离奇地死在开花的梨树上，不能不说与我们那次游戏有着说不清道不明的干系。如今想起来还真有点我没杀梨花，梨花却因我而死的尴尬。

　　五爷的梨园有三四亩地，五棵大大的梨树张牙舞爪地霸占着园里全部的地盘。那时梨花正开得热烈而多情，这是梨园最美的时候，远远望去一片白茫茫的，煞是好看。

　　入园的门是用山上砍来的原杉木钉的，门上挂着一把生了锈的大锁。园的四周有一人多高的围墙，由于这墙有些年头了，所以墙头上爬着粗壮的藤条植物，有的地方则长着狗尾草或别的叫不出名的野草。围墙有两处地方被雨水冲垮了，留下了缺口，五爷也没有及时去修理。

　　当我们几个人嘻嘻哈哈一个个如树蛙般从缺口跳进长满野草的梨园时，却看见从齐腰深的枯黄野草后面慌里慌张地冒出两个衣衫不整的青年男女来，这一刻双方都惊呆了。

黄昏的梨园一时间静得只听得见自己的呼吸声和采花酿蜜的蜂儿嗡嗡的歌唱声。我们看见那个叫梨花的女子，一头乌黑的秀发乱蓬蓬的，惊慌失措的脸红得像一朵盛开的桃花，人呆呆地站着，手却在忙着系扣子。站在她旁边的男人叫阿生，看他并不怎么慌张，只拿一双眼将我们逐个儿瞪过去，而后喃喃地骂着："死孩子，不好好玩儿，跑这儿来！"边说边往我们进来的缺口处灵巧一跃，出去了，随后梨花也悄悄退到那儿走了。

他们奇怪的举动，弄得我们一脸的茫然，不知道今天到底怎么了，哪里不对劲了，总是惹大人们不高兴。于是，再也提不起玩的兴趣来，只好兴味索然地各自散了。谁也没在意，更没有人提起这事。回到家，几个小孩早把那对男女的事忘得一干二净，毕竟都是小孩子，能知晓什么呢？

几天后的掌灯时分，梨花一家子找梨花找得晕头转向。说是一个下午都没见着人影了，叫她喂猪，一桶猪潲还好好地在那儿放着，猪却饿得嗷嗷乱叫。这时，刚吃过饭的小兰见梨花的妹妹杏花着急的样子，突然记起那天的事，就对她说了。站在一旁的妈妈，一巴掌就对小兰打了过去："你个孩子，莫乱讲，梨花姐姐过两天就要做新娘子了，还会跟别的男人……"这是个聪明的女人，只说到这儿就没有再说下去了，知道说下去对大家都不好。

开始大人们还半信半疑，门锁得紧紧的怎么进得去。我们忙解释说那儿有缺口可以进去的。一会儿也不知道谁把五爷叫来了，大家一窝蜂地往那儿拥去。走到那儿，好不容易等五爷笨手笨脚地打开那把锁。梨花一家，提着亮亮的手电走进园子，后面跟着一大群看热闹的。梨花的父母大声叫着："梨花！梨花！"踩倒高高的野草，向梨园深处走去。手电向黑漆漆的四周照着，什么也看不见，只有一片一片清丽无语的梨花如落雪般向众人的身上飘来……

这时，叽叽喳喳的人群中，不知谁家媳妇眼尖，有点恐怖地大叫起来："树上挂着个人！"梨花的母亲一听也没看清就大哭起来："女儿——我的女儿不会是你吧？"在手电筒的亮光下，我们看见树上有一个白白的影子，在春风中摇来摇去的，就像要飘落下来化作护花的春泥的梨花般，显得很轻盈。

开满梨花的梨树上挂着的正是梨花，她样子很难看，胆小的全"轰"的一下子跑回村子里去了。梨花，绝韵孤高的梨花，难道真是一朵很快就消失无影的花？

小村里发生了这么大的事，一时间，全村男女老少全出动了，东一堆西一簇地围在那儿。只有阿生一家紧闭大门，没一个人出来。

从人们的议论中知晓，梨花十九岁时与比她大一岁的阿生好上了，也不知为了什么事，这两家一直不和。两个年轻人的好事，遭到双方父母的强烈反对。后来，梨花在父母的劝说下跟邻村的一个小伙子订了婚，阿生也找了未婚妻。表面上看两个年轻人如陌路人一样没什么瓜葛了，不想却发生了这样让人心痛的事。

梨花就这样死了，就像那些不能永久芬芳和美丽的梨花般，从春的枝头飘逝了。也不知道是不是因为我们看见了他们，她觉得没脸见人，所以才选择这样的方式。又或者觉得活在这世上没什么意思才去死的，总之人死了，由着大家去说、去想。

梨花的死既没有梁山伯和祝英台那样双双化蝶的美丽，也没有罗密欧与朱丽叶般轰轰烈烈的悲壮……她的死就像一片落在尘埃的洁白的梨花一般，很快就化为泥土，从人们的记忆里消失得无影无踪了。

到了秋天，五爷梨园里的梨树却没长出几个梨子来。五爷成天唉声叹气的："倒霉，倒霉。怎么好死不死，叫梨花的就得死在梨花下，弄得我的梨子也不长了，气人！"听了五爷的话，人们又悄悄地议论了好一阵子。

这年冬天，阿生迎娶了他的新娘子，我们都去喝喜酒了。听说新娘子带了不少嫁妆。

那天，我看见兴奋得满脸通红的阿生陪着比梨花更漂亮的新娘子来敬酒，他因酒而红的脸，有点像初春时我们在梨园那个黄昏里看到的梨花的那张脸。

四月的花不哭

前些天，总喜欢带着一束束、一朵朵迷茫的心事，在云霞布满天空的黄昏，来到那片一望无际的紫云英花海里。站在春天的身旁，绝口不提过往的沧桑苦难。仿佛看到时间长河的最深处，忧郁美丽的梦正从沉睡中醒来，一位清新、秀美的乡村女子，从田野的那端，从弯弯曲曲的田埂上娉婷而来，那份寂然，那份清纯可爱，令人怦然心动、顿生爱怜！

很小的时候就喜欢，喜欢记忆中那些五彩缤纷、芳香四溢的花，那些婀娜多姿、美妙多情的花。长大后才知道，那摇曳在童年梦里的花，其实都是些毫不起眼的野花。不像那自视清高的兰花，怕被采摘，情愿生在深山幽谷。

眼前的紫云英花，是我童年时亲密的朋友，它不具有山村桃花的妩媚、绚丽，更没有昙花一现的刹那灿烂，以及艳惊四座的辉煌。然而，紫云英花却是农人的好帮手，农人看到那一片片、一丛丛茂盛的紫云英开花，心里头也开始繁花似锦起来。透过那些花，他们仿佛看到绿油油的秧苗，金灿灿的稻谷。因为有紫云英花开的田地，可以省去一大笔开销，紫云英花是最好的有机肥。所以在农人眼里，紫云英花是最美的花，比世界上最名贵的花都值钱！

紫云英花开的时候，也是小孩子们最快乐的时候，他们会一天到晚沉溺在这紫色的花海里，乐得忘了时间，不知回家。紫云英还可以一篓篓地采来喂猪，是很好的猪饲料。我常想这些吃了那么多美丽的花的猪一定非常非常幸福！

真正幸福的还是一些小姑娘，她们会采来一朵紫色的花儿，插在头上，或做成玲珑的花环戴在脖子上，把自己装扮成百花公主，那份得意与天真，真是无法用言语来形容。如今每每想起还依旧会让人激动不已。

可是，今天我再来时，这些相约从遥远国度而来的花儿，在展尽最后一抹灿烂后，像赴一个古老的约定似的，纷纷从我眼前逃离了！这场景，看了让人感到太多的无助和无奈。我的心突然潮湿起来，也许有些事情在生命的长河中骤然流走，是所谓的宿命，只剩下忧伤的四月在那儿独自呢喃！我喃喃地在心里头说："不哭！不哭！四月的花儿不哭。"

对面山上的布谷鸟也在叫着："布谷，布谷！四月开始布谷！"

莲的心事

时间的风沙将我掩埋，那年那月的荷花还一遍遍在荒芜的心田盛开！

——题　记

风轻轻拂过长发，过往的岁月，被徐徐地吹开。曾经是那样喜爱夏天，喜欢夏天肆无忌惮的阳光，灿灿烂烂地照射在身上的感觉；喜欢穿着清清爽爽的夏装，于清晨或者黄昏，带着一本《爱莲说》独自来到"接天莲叶无穷碧，映日荷花别样红"的湖畔，在如水的宁静中，让莲的清香长久地留在心中最隐秘的地方。

一样的夏天，一样铺陈开去的除了叶还有无数如少女般满面绯红的花朵，如今，在内心深处的角落苦苦寻觅，那些欢笑，那些美丽，那一幅如梦如幻的美景奇观，究竟躲藏到哪里去了？为什么再也找不到了呢？

那些轻盈于夏日每一寸光阴里的碧绿、殷红，曼舞、柔美，是不是还停留在某个夏季那静静的、层层叠叠的、滚动着晶莹露珠的荷叶上？目光中仿佛是梦和着温暖在酝酿，唇边浮现一抹淡淡的笑容，水中人儿不就是那个"误入藕花深处，争渡，争渡，惊起一滩鸥鹭"的女子吗？

一阵远古的风吹来，宽大的荷叶开始舞动着绿色，舞动着迷人的青春，舞着舞着，荷叶上一滴滴珍珠般美丽的水珠就那样落在水面上，刹那间碎了，消失了。

我的心微微地颤抖着，也许美的东西都是那样短暂，不可挽留，犹如美丽的容颜，犹如青春，犹如明丽璀璨的理想之花。

一朵朵紧紧依偎着绿叶的荷花，粉面含羞，内心里蕴藏着无限的袅袅婷婷的缠绵，在阳光的沐浴下，静谧成一片幽香的风景，一阵不请自来的狂风暴雨过后，全是落英缤纷的心碎。一夜香魂梦逝远，多少泪雨风花残，此时秋容慢慢地攀爬上高高的额头，爬进苍凉的心间……

木槿花开了

　　木槿花开了，雾色朦胧中，一朵朵如棉花般洁白、温暖的花晶莹、清澈，轻轻地摇曳。它们仿佛娇而不媚的天使，在我心底翕动着爱的双翅。

　　许多年过去了，自家园子里那株开着白花的木槿，在记忆的深处，依然淡淡如秀脂凝香的女子。她款款地走近我。此时，在这梦幻般恬静澄明的世界中，我能清晰地听到掀动一地月华的花儿落地时对人间充满关爱的呢喃。

　　我隔壁住着一户人家，仗着在村中是大户，家中兄弟儿子多，要强占两家之间的那一条四米左右的直通我家园子的通道，为此我们两家经常争吵，争执了很久，结果还是被他们盖了房子，只留一条一尺左右的水沟，这让我家的鱼塘及村里的那片田用水很困难，尽管这样人家还是心里不服，因为没有全拿走，见了我们像仇敌似的。

　　那一年，那家的老二突然得了重病——吐血。而我家菜园右角边有一株开着白花的木槿，据说木槿的根正是医治那种病的良药，于是那个得了病的壮男人就来挖我家木槿的根，我看到后就问母亲："他怎么有脸来挖我们的花根？"

　　母亲淡淡地说："做药用！"

　　"做药用？你也让他挖？平时他们人多势众，老欺负我们单姓独户人家，有能耐不会去别的地方挖吗？"

　　母亲忙压低声音说："小孩子不懂事，别乱说话。这方圆好几个村子只有我们有这样的白花木槿！别的地方找不到。再说他也是个苦命的人，自从他老婆死后，人就变得很好了，不像他的哥哥，恨不得要了人家的命，见人见到鬼都要含沙射影地骂上几句。"看来不幸还能让人变得善良起来，我这样想着。

年少无知的我却说："管他那么多，对他好他们还认为是好欺负呢！"不想我无心的一句话后面真的应验了，后来那人的五个儿子大了又要盖房子，也许是为了宽一点吧，硬说我家园子里的那堵墙是他的，我父亲说不可能的，他们的地基比我们的低两三尺，地基低的人家会为地基高的人家做墙基？除非他家祖宗是个傻瓜。不过让他一个墙基又何妨？

听父亲这么说我倒是想到以前看到的一个故事：说的是乡下有人为砌墙多占用了邻居三尺地，两家发生了争执，其中一家的儿子在朝中做官，这家人给做官的儿子写信，请他回家争回被抢的三尺地。这个深明大义的儿子却写了一首诗作答："千里家书只为墙，让他三尺又何妨？万里长城今犹在，不见当年秦始皇。"

后来那家老二又说："你那地基再让我一块吧，这样我的厨房就会四四方方的，好看也宽敞。"我们又让他好几平方米的地基。地基白送了，他又反过来说，我家整个园子都是他的，真是个田螺屁股，得寸进尺，贪得无厌，人心不足蛇吞象呀。天底下真有这样的人！父母气得直摇头！

过了几天，那人又来挖花根了，一想到那爽爽滑滑的米汤花，我就心疼，要冲去阻止他："不能再挖了，再挖下去我喜爱的花就没了。"母亲拉不住我，我被母亲"啪"地打了一巴掌："人家治病你都不知道？一棵树能救一条命我们又有什么舍不得的？"母亲总是那么善良、宽宏大量，处处为别人着想，无论受了多大的委屈也从不记恨。

记得那个闷热的傍晚，我气得饭也没吃。我的白木槿树的根多次被挖后，慢慢地枯萎了，再也没有活过来。可怜的木槿树！

从此，我再也没有见过白色的木槿花，没有喝过米汤花！

玉

　　喜欢玉，故而手上常年戴着一个色泽柔和的手镯。闲暇时，会呆呆地望着这珠圆玉润的镯子，开始胡思乱想：这可爱的东西，来自何方？是谁慧眼识玉，把埋于深山的一块记载着千年沧桑的石头牵进了这纷扰的凡尘？又是哪个匠人的巧手让它变成蕴含山川之秀美，聚集日月之精华的样子，与我日日夜夜相亲相随，不离不弃，彼此相守，享受着我的呵护，陪我忍受寂寞的煎熬？

　　对玉最初的了解缘于父亲。因为父亲写得一手好字，所以村子里谁家办喜事，就会请父亲去当书记（记喜账），小时候的我也会跟去凑热闹：若办喜事的是男方，父亲就会用大红的纸包一包茶叶、一包盐，然后写上"海誓山盟"四个龙飞凤舞的字，随着喜饼之类的东西送往女方家中；要是东家是闺女出阁，父亲就包上一包芝麻种子、一包黄豆种子，再蘸上浓浓的墨书写"冰清玉洁"回给男方。所以对"冰清玉洁"这个词里的"玉"字有着最美、最深的印象。知道水做的女儿就应像玉、像冰一样纯洁，即使饱受风雨侵袭，仍能如玉般保持月白风清的原貌，万丈红尘惊扰不了，也改变不了。

　　长大后，对玉有了更深一层的理解，倘若到城里的商场去，我总是喜欢在卖玉的柜台前留恋不舍，看那些经过精心雕刻后或古朴典雅，或雄浑豪放的玉，静静地安置在高贵的红丝绒上面，玲珑剔透中透着美妙绝伦的内涵，仿佛每一块充满神秘气息的玉都掩藏着一个美丽动人的童话故事，不得不让人浮想联翩……至此，心中对玉的痴迷又更进了一步。

　　在我们民族，玉还代表着一种美德，都说君子如玉，那是因为玉有着

118

最自然的生命本色，它不华丽、不张扬，生动而有灵性，静静地栖于一处，这些都与人们内心的一种美好愿望相吻合。"宁为玉碎，不为瓦全"说的大概就是君子所具有的品格吧！

古时候，玉还是一种身份的象征，身份不同所能佩的玉也不同。但是我觉得玉更像女人，所以很多女子的名字都与"玉"字有关，有着玉一样名字的女子不管她长相如何，单名字听起来就很有诗意。

女人如玉，玉如女人，大凡如玉的女子，都有玉一般温润的灵气，玉一样清冷的执着，若知己难求，宁可生生世世地等下去，无怨无悔！如玉的女人是执着的，也是孤独清高的。所以莹洁的玉，含蓄、温婉的玉，淡然、脆弱的玉，大气、坚韧的玉，最是适合女人佩戴。

每每看到玉可碎、不可褒，或玉碎宫倾这样凄婉的词句时，就会想到古时候的一个个刚烈的女子，如《红楼梦》里的尤三姐，在纤纤弱质中有着一种与生俱来的凛然傲骨，虽历经世事，仍不染风尘。她的生命在世俗的流言中飞花碎玉般绝尘而去，可是她的纯洁雅致、轻柔多情却永远留在人们的心中。

好女人是一块价值连城的和氏璧。

茶

对于茶我谈不上喜不喜欢，用简单明了的词来说就是可有可无。不过以前我一直喝茶的，而且都是喝自家做的茶，那些名茶如大红袍、碧螺春，只是听说而已，从没见过，更别说有缘喝过了。

有一天，听说白开水是世上最好的饮料，正好我这懒人也嫌泡茶麻烦，又觉得那平淡无奇、无色无味的白开水正是我生活的真实写照，心里就有那么几分亲切感了，于是就不喝茶，改喝白开水，不是赶时髦，只是图方便。不过那茶好像也没有离我远去，总在身边若即若离的，心底时不时会记起茶的种种好处来，就像是一个无法忘记的老朋友一样，虽然没有和她联系了，但在某个时候还是会突然想起来。

有人说茶如女子，温柔、绵远、芳香、平和；又有人说茶是君子，无论经历多少风雨的侵袭，依然坚贞不屈、荣辱不惊！可是我说茶就是茶，喝茶就如同吃饭穿衣一样平常，是生活的一部分。

至于品茶那一类高雅的事，对我来说是一种奢侈，那是文人墨客、闲暇之人的一种讲究。我喝茶从来不讲究的，这只是一种本能，渴了就喝，就这么简单。我往往是在渴得不行之时抱着茶壶一阵咕咚咕咚地猛喝，直喝得肚子胀得再也装不下为止。喝过之后，那种透心的凉，那种惬意只有自己知晓！

所以，尽管糊里糊涂地喝了许多年的茶，却并不懂得什么是茶，更别说懂什么茶道、茶艺了，看电视里的茶艺小姐，气定神闲、动作优雅的茶道表演，禁不住想，那一杯经过几次沸水冲击的茶到底会有多少种不同的滋味呈现呢？看来品茶品的只是一种文化、一种历史，或者说他们品的是一份淡泊宁静的心境和情趣。不过我不知道，也不想知道这些！

我只是个俗人，不懂品茶，但我知道我的茶园，以及普通的茶叶是怎么制作出来的。每到春茶开采时，天刚蒙蒙亮，村子里的妇女和小孩就背着竹篓上山采茶了，那雾气缭绕、露珠晶莹的茶园是何等的静美！双手在茶树上如春蚕吃桑叶般发出沙沙的轻微响声，听着那鸟儿清脆的鸣叫，呼吸着那清凉带着香味的空气，那心旷神怡的感觉，就如同在某个冬日的黄昏，喝着一杯琥珀色的茶，静静地读着一本自己喜欢的书，一束阳光从窗子外面照射进来，暖洋洋的。心底泛出一片柔软，那份悠然心境真是无以言说啊！工作困乏、心浮气躁之时，坐在屋子的一角，心无旁骛地饮一杯汲山水之钟灵毓秀、蕴人间万种情怀、带着淡淡香气，从深山幽谷里来的茶，顿时整个人都沐浴在袅绕的氤氲里，那份疲劳和困顿立时烟消云散，人也马上变得神清气爽起来……

　　茶采好了，家中的男子就用大大的青篓把青（这时候的茶不叫茶，叫作青）挑回家来，拿到晒谷坪去晒，这叫晒青，晒多久全凭经验来决定。收回家后，放在地上或者楼上，均匀地摊在那儿，大约有半尺厚，一畦一畦绿绿的，就像是种在地里的青菜，好看得不得了，时时要去翻动，父亲告诉我说这是让茶发酵。

　　接下来就是炒青了，也叫炒茶。灶膛的火烧得旺旺的，锅烧得热热的，我家烧火这类的活儿一般是由我来做，茶叶丢下去随着一阵噼噼啪啪的响声，立刻有一股带着青味的香气飘满屋子。炒茶是一项技术活，炒老了不行，炒红了更不行，这样的茶卖不了好价钱。青炒好了，就拿到揉茶机去揉，最原始的做法是把炒好的茶放在一口固定好的锅里，男人用脚去揉的。揉好的茶就放到烤笼（用竹篾做成的专门用来烤茶用的）去烤。开始时炭火要很旺，随着茶叶湿度的变化，火就要渐渐地小下去，在烤茶的时候还要时时去翻动它，所以烤茶是最辛苦的活，在采茶的季节父亲一般连续好几天都没有时间睡觉。后来也有人图省事，就干脆把茶叶放到太阳底下去晒，这样人轻松了，可是做出来的茶却没有了那沁人心脾的香，喝起来就索然无味……

　　我最喜欢做茶的季节了，虽然很辛苦，但是，做茶时节整个村子都沉浸在一片浓浓的茶香之中，闻着十分舒服，人就像醉了似的，这大概就是我等粗人的品茶吧！

石头的记忆

暴雨来临之前，仓促间捡起一块石头，冲洗后，这块重约两斤的石头，正面看像是一只白玉做成的花瓶，花瓶里随意地插着几根稀疏的、没有叶子的枝条。整个造型很柔媚，也很艺术。石头的背面就更有趣了，一个水波漾开的白圈圈里，一只大拇指般的小鸟，栩栩如生地在水中游……

无事可做时，抱着这块让我爱不释手的石头，坐在楼上。天马行空般的思绪，开始掠过眼前村庄屋顶上层叠黢黑的檐瓦，瓦楞上爬满的青苔，掠过曲折幽深的小巷……而后，任漫无边际的思绪走进荒芜与苍凉的冰川世纪。

一块巨大的石头，悄无声息地躺在千年白雪皑皑的峰峦的怀抱里，睡着了，万古悠悠的蓝天呈现出一种旷世的寂静与孤独。凝固的时光静静地从雪峰、从无语的石头旁边，不留一点痕迹地滑过去、滑过去。

一天天、一年年，世界发生了沧海桑田般的变化。那块巨大的顽石从冰雪消融的快意中抬起了头，深深地吸了一口略带苦味的空气。睁开眼睛，石头第一次看见了白云蓝天，看见了参天的古木和大片的原始森林，还有森林边上许多不知名的花草，还看见了史前的霸王恐龙。石头就这样岿然不动地看着那群庞然大物怎样在广袤的大地上繁衍生息。

记不清是哪年哪月哪天，曾经不可一世的霸主恐龙消失了，就像随流水远去的一片片落叶般，再也找不到它们的痕迹了。世界上少了这一群生龙活虎、你争我斗的生命后，这块石头也感觉日子过得了无生趣。于是，不经意间，身上长满了绿绿的苔衣，毫无意义地被搁浅在时光的脚下，只是偶尔记忆深处的西风流云会跑出来述说前尘往事。

这时，一个古闽人目光坚定地向着这块石头走来了，他看中了这块石头的坚硬和庞大。他要用石头垒一间小小的屋子，屋子里住着他的妻儿老小。屋子垒好后，一家子过着男耕女织的日子，真是其乐融融啊！可是过着文明安逸日子的古闽族人，在带着大刀长矛、被灭了国来寻找新家园的越国人面前，人头纷纷落地，古闽族一时遭到了灭族的大屠戮……从此，这个曾经非常优秀、创造了辉煌文明的民族，就像恐龙王国一样消失得无影无踪了。不同的是，恐龙留下的是化石，而古闽族人却在武夷山的悬崖峭壁上为后人留下了不可破解的船棺。

在一个风和日丽、鲜花盛开的清晨，来了一对体格健硕的男女，他们在石头前面停了下来。男子深情地吻别女子后，背着身上的弓箭，走进远处的茂密森林狩猎去了。留在原地的美丽女子搬起了一块石头，也就是那块曾经被古闽族人用来垒房屋的石头，和另外两块石头一起垒了一个简易的灶。接着女子熟练地点燃柴草，烤出一个个香喷喷的玉米棒子和一串串的烤肉。做完这一切后，女子枕着天上的流云，躺在开满鲜花的草地上，借助阳光的温情，深情款款地等待着早晨离她而去的男子满载猎物归来，与她一起看着夕阳，一起编织心中的爱情。

可是，是谁在这一派宁静祥和、水草丰美的大地上，点起了战争之火？那位勇敢无畏的男子，在一场血雨腥风的恶战中，再也没有走回来。因等待而精疲力竭的女子，望着身边不远处两盏金盏菊摇曳在静默里，顿时她心里丝丝缕缕的痛苦与无奈被牵动！从此，岁月掩埋了女子的一腔的痴怨，女子如花般的青春生命随时光流水，随蝴蝶和鸟群飞向茫茫的虚空。

许多远古的人和事就这样在云翳下，在青山绿水中消失了，只留下一些渺茫的故事，在石头的记忆里藏匿着。

后来暴发了一场山洪，凶猛的泥石流把这块石头冲到了一条河里，石头的生命在苦难的旅行中走走停停，磨去了一切棱角的石头，把冗长而苍老的前尘往事，雕刻成无语的图案。

又到粽子飘香时

一

中午准备好好休息一下，刚走到房间就闻到从后窗飘来一缕缕沁人心脾的粽香。哦，又到粽子飘香时节了，那可是我最熟悉不过的箬叶和着糯米的香醇呀！这种裹着中华古文化浓郁气息的清香弥漫开来，竟是那样诱人，我的思绪不由得随着这香味回到了家里，回到了对端午节的记忆中了。

坐在这儿，想象着母亲今天是不是天还没亮就起床了，然后搬来石磨的上层，放在大厅的四方桌上，压住棕篝排，而后把头天就准备好的青青箬叶，很灵巧地折出一个尖尖的角，放上白白的米和红红的豆沙馅，或别的什么好吃的馅，包好捆紧。渐渐地棕篝排上吊着越来越多玲珑精致的粽子，别说吃，单单看着这些碧绿的粽子就是一种心灵享受。

小时候看母亲包粽子，我也手痒痒，可是不管我怎样用心去学，就是学不会，包出来的粽子，不是没棱没角，就是一到锅里马上"宽衣解带"，给你来个在沸水里洗澡的游戏！气得我再也不敢去包粽子了！

我在城里看到过一些小贩卖的粽子，大概是为了省事吧，用的是那种白色或红色的塑料绳，且不说这种绳子会不会给人体带来危害，看着就让人觉得不是味，看到那些用塑料绳子绑着的粽子，就像是看到我国古代四大美女穿上现代的比基尼般不伦不类。在我心里粽子就是粽子，就应该是用棕篝排或用细竹丝，奢侈点的用红绳子，这样才会给人一种古色古香的美，给人一种未吃先醉的感觉。

记得母亲包粽子时最后会包一些尖尖的美人脚，也有人叫它田楔。这粽子很好玩，有三个角，可以立在桌子上，煮熟后我们可以挂在衣服扣子上或是拿在手中把玩。玩一两天，受不了这些小巧粽子的诱惑，那些白白嫩嫩的美人脚就会统统跑到我们的小肚子里去施展武功了，于是心里就开始急切地盼望着下一个端午节。

我想现在我的小侄儿看到奶奶在包粽子时也一定如小时候的我们一般，会高兴得在奶奶的周围跑来跑去的吧，极疼孙子的奶奶也一定会包几个一般人包不来的美人脚让宝宝玩。

总之，端午节是美好的，而童年的端午节更是美不胜收。端午的美美在一个个拿在手里的粽子上，美在挂在门上的一串串艾草和菖蒲上，美在那几片插在乌黑发辫上的腼腆的艾叶里，美在手舞足蹈、蹦蹦跳跳去河边看龙舟的热闹中！

当然留在记忆最深的还是粽子，端午的粽子它美呀，美在它是色香味形俱备的精妙绝伦的艺术品，所以这种食品几千年来都能让我们中华民族着迷。长大后才知道，吃粽子除了吃那份诱人的香、那份糯糯的柔，更主要的是吃一种文化、一种民族的精魂。嘴里吃着那柔柔韧韧的用浸满天地灵气的箬叶包的粽子，仿佛我们已走进屈大夫的《天问》里去了。漫步走在洪流滚滚的河堤上，心中荡起层层波浪，轻轻地扬起手中的粽子，捎去几许问候和思念。

二

端午节，这个有着许多美丽传说的节日，总是遵循着一个古老约定，带着雄黄酒、箬叶、艾香，带着粽子的玲珑，带着许多的期望和思念，在初夏这气候宜人的季节悄然无声地到来。

记忆中，临近端午，采箬叶的任务总是让一群早就为节日而怦然心动的小孩来完成的。每到这时，村里的小孩就会不约而同地在某天的清晨，悄无声息地打开一扇扇厚厚的木板大门，为了不惊醒还在沉睡的村庄和劳累了一天的大人们，孩子们总是轻手轻脚地走出村子，向着有箬叶的山谷而去。

晨曦中，当我们把一片片沾着晶莹露珠的箬叶采满一竹篓后，我们会带着一种满足与喜悦，带着对节日的向往，站在高高的山顶，遥望着匍匐在山脚下那个世世代代居住的小村子。这时，金色朝阳沐浴着层层青山，村庄青青屋顶上升起袅袅的紫色炊烟，仿佛一幅美不胜收的画卷。偶尔传来的鸡鸣狗叫声，又像是一首飘逸的小诗，引得我们高唱着那首古老的童谣，快步行走在回家的路上。

箬叶采回来后，母亲就会把家中圆圆的大木盆一溜儿地摆在大门口的青石路的边上，倒上一桶桶清清的山泉后，就开始仔细地清洗叶子了。洗净的叶子，被熟练地剪去叶蒂和碍手碍脚的尖尖叶尾。这时我总是在一旁打着下手，看着一片片箬叶如一条条碧绿色的鱼儿，欢快地在母亲粗糙的手边游来游去，就像一群游手好闲的孩子。那可是节日前乡村的一道绝美风景啊！

再看看各家大门上不知何时已挂上了艾草和代表着长剑的菖蒲，心里充满快乐和幸福。有节过的日子真好！

过节的浓浓气氛在一口口煮着粽子的大锅冒着的氤氲热气中弥漫开来，神秘而浪漫的端午节此时被酝酿得如诗如画。大锅里一粒粒精巧香糯的粽子也就那样轻而易举地将节日的味道牢牢地印在了一代又一代中华儿女的心中。

渺小·的植物

　　小时候，一到秋天，去砍柴或打猪草的路上，就会看到紧贴着地面的一小丛、一小丛的地茄，长着一个个比黄豆大不了多少的果实，在绿莹莹的叶子的映衬下，如一颗颗黑珍珠般在秋阳下闪着诱人的光芒。这时我们就会情不自禁地丢下柴刀或竹篓，弯下腰用小手熟练地采来，塞进嘴里津津有味地吃着。那有点像春天野草莓般的酸甜味，在这到处都飘着果香的秋风里显得特别的香甜。吃够了，大家一起伸长那被果子染得蓝蓝的舌头，看谁的更像狗舌头，幼小的心灵常常沉溺在这种有趣的游戏里。这地茄原本并不叫地茄，那时我们都叫它狗舔茄，大约是说这种植物狗最喜欢用舌头去舔它吧，于是就有了这么一个有趣的名字。至于它的学名叫什么没有人知晓，山民们也不需要知晓。他们只要知道这种草的药用价值就够了，何必要知道得那么多呢？至于地茄这个名字，是一个颇懂医药知识的老农告诉我的。

　　到网上一查，此地茄还真不是网上的地茄呢，它们之间除了叶子和紫红色的小花有几分相像之外，果实就完全是两码事了。也许它们是地茄家族里的一对姐妹花吧，也许只是两种毫不相干的植物。

　　以前听村里人说过，地茄是治小儿生疗子最好的草药，但我更在意的是那些让人看上去就想吃的果实。地茄真正被我当成一种药来看待缘于我的一场病。从有一年秋天开始，我总感到食道有些疼痛，到医院去看过几次，也不见有起色。医生建议做一次胃镜检查，检查的结果是食道严重溃疡。有人问我是不是吃东西吃得太烫了？被这么一问才想起有一次荠菜汤刚煮起来，竟然忘记了它烫，舀了一汤匙本想尝尝它的味道，不知为什么它却有点迫不及待地一溜烟儿溜进我肚子深处去了。那一刻只感到钻心的烫毫不留情地从喉咙滚滚而下。阵痛过后也没在意，后来却麻烦了。看来有的病是自找的，怨不得天，也怨不得地。

确认病症后，唯一能做的事就是无休无止地吃那些医生开来的大量的昂贵的药，其中大多数是胃药，钱花了不少，病却不见有什么好转，到这时我开始怀疑医生开药的用心了。就在我苦不堪言时，有位老农给我说了一个土方。地茄根一小捆，家养土鸡一只，杀净后，将草药放入鸡肚子里。找来一个罐子，将米饭捞起来，再把那只鸡上上下下用这半生的米饭包裹得严严实实的，隔着水放入锅中慢慢地炖。直至鸡烂熟，香气四溢时起锅，趁热吃下。连着吃几次后，能让久治不愈的胃病断根。听了老人的话，我想不妨试试，兴许有用。我一问，倒是有几个犯过胃病的人说吃了之后，病自然而然地就好了，还真神奇得不得了啊！

也不知是出于一种病急乱投医的心理，还是对那地茄有点迷信般的崇拜。在一个星期天的早上，我借来一把小山锄，到山上挖地茄根。满载而归的路上，碰到一位采小笋的老太太，她看到后问："拿去治疗痔疮的吗?"我摇了摇头，老人说："这药治疗痔疮可好了。"原来这常年躲在草丛中一点也不起眼的地茄还是个宝呢，这也能治那也能治！这些草药要是能充分地利用起来，既让平民百姓解除疾病之苦，又让那些想开大药方的医生找不到开大药方的机会该多好！

地茄虽渺小，渺小到在这个世上只有最普通的劳动者才认得它，可千万别小看它，最好是怀着一种敬畏的心情来对待它。我们只有敬畏自然中的一草一木，才会因此受益多多。

余　园

　　听学生说余园有很多很多的苦槠，于是，几个人心血来潮，要去体验一下捡苦槠的乐趣。再说苦槠捡来还可以做成那种带粉红色的，滑滑柔柔的粿，好吃极了，更主要的还能清热解毒。

　　那天吃过早饭，我们就徒步出发。尽管已是初冬天气，可这儿依旧如在秋天里一般。一路上那些或白，或紫，或黄的菊花在我们的面前尽情地挥洒着它们的热情。山坡上偶尔有如绿豆般大小，却红得鲜明透亮叫作赤丽子的野果，着实招人喜欢。我忍不住当起了摧花杀手，随手摘下一枝拿在手中把玩，好像又回到了无忧无虑的童年去了。后来觉得，这样拿在手中也不过瘾，还是把它吞到肚子里去，才更能体现对这果子最真切的爱！在这种思想的引诱下，明知没经过霜打的赤丽子是不能吃的，我偏偏要放几个到嘴里嚼嚼，说是明知故犯也可以，说是故意想尝尝那带着酸涩别具一格的味儿也行。这种果实和一种叫通须子的黑色果子一样，别的山果怕严霜的拷打，唯独它们练就了一副铮铮铁骨，越是霜打越是好吃。

　　山冈上一棵棵枫树如一盏盏火红的灯盏，悄无声息地把心中的每个角落点亮。只是不知那些随意遗落的心事是不是也会如这些树一样长成招人喜爱的风景。

　　沿着一条坑坑洼洼的路，走了一个多小时。转一个弯，终于看到一个和别处没有什么两样的小山村。那村子后面有一片早已在我记忆里消失的，看上去苍苍茫茫的原始森林，那大约就是学生说的有很多苦槠的地方吧！

　　走进村子，早有两个学生等在村口了，他们热情地把我们引进家中，稍微休息了一会儿后，就同学生一起上了后门山。

没几分钟就到了那片原始森林，抬起头，沿学生手指的方向看去，我看到了好几棵几个人也抱不过来的苦槠树。随着村子里一片一片原始森林被砍伐，随着一座接一座的山变得光秃秃的，就再也没见过这样的森林了。看到它们的刹那，有种亲切感从心底生出，好像是看到了久别的亲人般。低头，却让我看到一个大大的苦槠躺在一片枯草上等着我呢！心里一阵莫名的激动。看来没有白来，还是有收获的！于是很自然地弯着腰，在铺满厚厚落叶的山上寻找起苦槠来，如大海捞针般。

抬起头，那巨大的树冠上倒是缀满了小小的灰白色的果子，如果都落下来，一棵树的苦槠就有两三百斤吧？如果记忆中无边无际的原始森林还在的话，该用怎样的数字来计算它的斤两呢？大概用最先进的电脑也没办法算出吧！

正当我诧异这里的苦槠确实多时，却听到同来的老师发出一声惊奇的呼叫："呀！这么大的红豆杉！"红豆杉？好像只在传说中听过这种树，想不到却能在这儿一睹它的风采，太高兴了！耳边仿佛响起田震唱的那首《好大一棵树》的优美旋律："头顶一个天，脚踏一方土，风雨中你昂起头，冰雪压不服……无论白天和黑夜，都为人类造福，好大一棵树，绿色的祝福，你的胸怀在蓝天，深情藏沃土！"

我站在那棵巨树的面前，伸出手摸那历经沧桑的粗糙树皮，心中徒生许多感慨。人与树相比是何等的渺小！人生又是何等短暂！但愿来生我能托生为一棵长青的树，就这样静静地长在一个不起眼的村子旁边，守护被繁华所遗忘的村子，多好，多美，多惬意！

转身，这次轮到我惊讶了：天啊！是一棵我熟悉的酸枣树呀！那么大，那么高，几乎和从前村子里的那棵一模一样，它们不会是孪生兄弟吧？如果真是孪生兄弟的话，眼前的这棵一定会为那冤死的兄弟而难过吧？

记得我们村子里的那棵酸枣树就长在学校后门十几步路的地方，一到果子成熟时，那个地方可就成了真正意义上的儿童乐园呀！有酸枣捡的时候我们就拼着命在那儿找呀找，实在找不到时候就开始呼风了。站在酸枣树下，仰着头，噘着嘴大声地叫着："呜喂，咚嗒！"这一呼还真灵，往往是我们一开始叫，风就无端地来了，酸枣就真的噼噼啪啪地往下掉……后来那棵树被一个贪心的人砍了，卖了。随着那一声惊天动地的巨响，乐园被拆毁，所有的童心都凉了！

　　相比之下，这个村子的人真是太好了，他们至少还懂得为自己为后代留下点什么。虽然一路走来所见到的山也与我在其他地方看到的山一样，看不见大树。但他们毕竟留下了后门山上的这么一小片原始森林。如果我们村尾那一大片被砍了的苦槠树，也留到现在该有多好啊！

　　如今散步走到那儿去，还能看到残留着的大脚盆那么粗的树根站在那儿，向村民诉说着它们的不幸——几千年上万年的风雨都走过来了，到了这一代，却遇上了这么多狠心而不计后果的人！这些人丧心病狂地对我们树木赶尽杀绝啊！

夏天的雨

喜欢雨，特别喜欢夏天的雨，下雨时捧一杯清茶，站在楼头，如同躲在一张巨大的珠帘后面，看那漫天飞落的清婉缠绵的精致雨丝，心却随着地上深深浅浅的无数涟漪走进岁月的深处，拾起一串串遗留在大地上的潮湿记忆。

小时候结伴去打柴，有一次走在回家的路上，刚才还是晴空万里，太阳热得像要把人都烤熟了似的，可是，天说变就变，突然间就下起了大雨来，那从天而降的雨，打了我们一个措手不及，让我们在害怕的同时又有几分激动。这时乡下孩子的坚强就在雨中表现出来了。雨中，没有一个孩子把手中的柴丢下，没有一个人要当逃兵，全都把柴挑在肩上，一任前后的柴摇摇晃晃，大家在雨中跑着，留下一路的尖叫和欢笑，就这样一直跑到最终的目标——各自的家中。

夏天去田里割稻子也时常会遇上雨，这时，我们会躲在一片芦苇中或一棵大树下，看那暴虐而豪爽的雨如鞭子般抽打着挺直腰身的树木。那些叶子、那些草在这时却贪婪地喝着雨水。

雨后，一轮红日高高挂在蓝得出奇的天上，夏天的雨呀，来得快去得也快，那树叶上、草尖上挂满一颗颗晶莹得如美目里的千年泪珠的雨滴。这些雨滴在彩虹的映照下闪闪发光，真是美不胜收啊！一场雨过后，农人用袖子擦去脸上的雨或汗，继续劳作，望望身后，金黄色的稻子已经倒下一大片。

更让我喜欢的是，几个孩子，撑着花花绿绿的伞投入雨的罗网中，接受着雨的抚摸，在小路上来回奔跑着，嬉闹着，享受着这天赐的浪漫，他们水鸭子似的用小脚丫噼里啪啦地踩着水，好一个热闹的场面。随着哪家父母一声断喝，孩子们便一个个如惊弓之鸟般一溜烟儿逃窜得无影无踪。

　　沉浸在夏雨的世界里，让雨拂去心中一片片的烦躁与杂念，也让雨送来难得的凉爽、平和、洁净的心境。

诚信的回归

上午，同侄儿沿一条山间小路去踏青，一路上我们采采野花、吃吃野果，不知不觉已走得老远了。转过一个弯看到不远处的路上躺着一个小孩，从衣服和体形上我认出是同村的明辉，以为小孩困了，在那儿睡下。我想改道而行，因为我与他们家有过一次不愉快的经历。

四年前的那天，明辉在我前面走着，大约是被路上的石头绊了一下摔倒了，我看到了连忙走过去，将他抱起来，见孩子粉嫩的额头上起了一个大大的包，嘴唇也破了，流出不少血。这时孩子的母亲来了，从我手上把孩子抱去，哪想孩子却边哭边指着我，说是我故意把他给推倒的。因为孩子这一句不负责任的话，我可遭了罪，赔十元钱是小事，还被那位母亲劈头盖脸地骂了个够。

当时，只有四岁的侄儿在一旁看到这一切，就用他稚嫩的声音为我争辩："不是那样的，不是那样的，是明辉自己摔倒的。"谁知孩子的话引来了邻居的嘲讽："聪明人家的孩子真懂事，这么小就知道为人洗清罪恶。"这些像刀子一样尖酸的话听得我心里一阵比一阵痛。我抱住侄儿，泪流满面地说："孩子，说什么都没用了。"

从此，他们一家人见了我就像见了仇敌，这让我心里很不好受，明明是做好事，倒成了恶人，真让人有种跳进黄河也洗不清的冤屈。

我的遭遇，多像在电视里看到的那位司机，那个好心的司机，也可以说是见义勇为的司机，看到一个被车撞成重伤的人，就把他送到医院。结果那受伤者的家人反而认定是他撞了人，可怜的司机既无法找到肇事的司机，也找不到证人来证明自己的清白，面对着高额的医疗费用，欲哭无泪。

后来，我还听到一个类似的故事，说有个小孩到河边洗澡，不小心掉到河底去了，一个钓鱼的人看见了，忙跳到水里救人，孩子被救起来了，钓鱼人把孩子送回了家。却不知孩子是吓怕了，还是在家长面前不说真话，本应该收获感谢的恩人，却被那一家子给骂了出来，说他是为了名或为了钱跑到他们家来胡说八道的，弄得那人后来逢人就说："宁愿多吃三碗闲饭，也千万别去做好事，做得好就好，做得不好反而惹来一身的臊！"看来在这世上当冤大头的远不止我一人！

说实话，从那以后，我怕了明辉一家子，平时能躲就尽量躲着他们。这次为了避免招来不必要的麻烦，我拉着侄儿往另一条小路上走。但是侄儿却拉住我的衣襟不放："姑姑我们过去看看吧，他到底怎么样啦！"

我说："孩子，那一次你太小可能是忘记了，可姑姑记得啊！我们多一事不如少一事，走吧！"侄儿："什么事呀？我一点也记不得了。"

倘若我们成年人也能像小孩一样记住的只是快乐美好，把不愉快的忘个干净该多好！侄儿说完就自己跑过去了，跑到明辉面前，他大叫起来："姑姑快来！快来！明辉生病了。他吐得一地都是。"在孩子一声紧似一声地呼唤中，我极不情愿地走了过去。一看不得了了，孩子面色铁青，呼吸微弱，不好！人命关天，就是有天大的冤仇此时也被我抛到九霄云外去了。吓得有点哆嗦的我忙掏出手机拨打"120"，接着又把电话打到家里，让家里人把这消息告诉明辉的父母。十几分钟后，明辉的父母和村医骑着摩托车来了，不一会儿救护车也呼啸着开来了。后来，据医生说，若是发现得再迟点孩子就没救了。

原来这孩子，早上不知因为何事被父亲打了一顿，没吃早饭就跑了出去，也许是到山上采野果吧，看到人家地头篮子里放着半篮花生种，他不知道放花生的人为防老鼠或其他虫子在花生里拌了毒药，抓来就吃了。听说那是村里老张的，他种花生种到一半，因为有事就回家了，而种子却放在那儿，没有带回去。想不到差点害了人命。

明辉从医院回家后，一家人来感谢我，并为那一年的事向我道歉！那一刻，我觉得被丢失的诚信又回归了，心里感到暖融融的。

冬日碎语

　　百无聊赖之际，推开木格的窗，随即，一缕明朗的阳光，携一丝阴冷的风扑面而来。房间里安静得似乎听得见阳光在破旧的桌面和地板上扑通扑通跳动的声音，这声音仿若胸膛内有节奏的轻微心跳。声音之外是轻薄寥落的愁绪，如春天蝴蝶的羽翼般，薄薄如纱地四散开来。揉揉眼仔细一看，眼前除了阳光闪烁着让人不易察觉的五彩缤纷之外，真的什么也没有了。

　　这是个寂寥的冬日午后，捧一杯冒着缕缕热气的清茶站立。窗外有层层叠叠的山岭，它们如我一般无语地静默在一片氤氲里。这一刻，看不见飞鸟从头顶窄小的天空飞过，也听不见人语。世界是如此的安静，安静得天上的白云和时不时穿山越岭而过的风都停了下来，山村和我的小小房间，似乎被一些莫名的惆怅笼罩着。呆立的我，只有一任思绪的藤蔓爬进空空如也的心里。

　　年华无声、红尘交叠，生活中的许多细碎过往，随风婉转而来。此时，没有泪水，没有伤痛，心在一种似有若无的幽香中，默默诉说着命运的不测和生命的无常。岁月的艰难泥泞，时光的寂寥，现实的残酷与万事的琐碎，生活的奔波劳碌，尘世的浮躁与无奈，让人郁闷窒息……

　　每想到脆弱的心再也无法承受之时，我就强迫自己去想远去的春天，以及春天里一切美好的事物。记忆中，春天阳光总是那么明媚，风总是那么轻柔，随之而来的水声，刻在种子、花朵上面的笑容迷离而甜美，心似乎被水洗过一般淡淡溢着清香。

　　无所事事的日子，时常惦念河对岸那株桃花会不会不知不觉地在某个夜晚或清晨突然间开成一树的云蒸霞蔚。随后，山坡上、草地里缤纷的花蜂拥而至。花儿在我明如秋水的眼里，浅浅地笑，盈盈地开，热烈地、淡雅地聚在一起，在曾经年轻的心底辗转流泻出一种跌宕起伏的情怀。岸上青柳总在看似无意间，毫不费力地系住那翩跹起舞的蜂蝶，以及忙着筑巢的燕子的呢喃。轻而缓的时光柔软得像浓稠的锦缎，把这个季节铺排得美好、清丽、动人、璀璨。

这样的日子流水清澈、缓慢，倒映着谁家女子斑驳陆离的心事？阳光酡红的脸，容易让人想起低头嗅青梅的古代女子，心自然会泛起一些潮湿的感动。

寂静中，田畴漠漠，阡陌交错，鸡犬相闻，炊烟四起，这是一幅能够无限延伸的静谧图画。一位女子被关在层层叠叠山峦中。女子身边泛起柔水似的苍凉，孤寂将她一层又一层地包裹起来，包裹得她动弹不得、呼吸不得，横亘在面前的大山是她的目光和梦想都无法逾越的障碍……风声扬起来，鱼从水中跃出，划出一条长长的弧线，蜻蜓像寂寞的长剑挂在一丛美人蕉的叶梢。

谁家的大母鸡此时咯咯地唱起歌来，把站成一幅风景的我，从一帘幽梦中带回尘世。摇摇头，而后，自己对自己笑了笑：不知道有没有人和我一样，在冬日的一扇窗前臆想春天，期冀春暖花开。

柔弱的心百转千回后，一转身，寒冷的时光，穿透厚厚的衣裳，让我不由自主地打了一个寒战。抬头，遥远的天际，风正把那朵如花的流云轻轻吹走，飘然消失在天幕尽头，这个冬日的午后，留给我的只有淡淡的寂然与遗憾。

假如善良可以交换

妹妹在城里打工，租住在一幢"7"字形的房子里，临街的两边用围墙围着，中间一个很大的院子，院落中种着桂花、夜来香，还有一棵樱花树，每到春意阑珊之际，一树紫色的花就灿烂起来，很是美丽。据说这原是一家单位的宿舍，后来主人们都不住这儿了，他们搬到更豪华的新房去了，这些房子有的卖了，有的拿来出租。

妹妹隔壁原先住着一家做粿包卖的人，他们搬走后，又新来一家，这家夫妻都三十出头，男的靠拉人力车讨生活，女的有些特别，一只左手细细的，且永远都弯曲在腹部，大约是患小儿麻痹症所致吧。

冬日的某个星期日上午，我在院子那棵早已落光了叶子，只剩下一些灰白色的枝干，在寒风中挺立着的樱花树旁边晒太阳边兴致勃勃地给几个孩子讲故事。在这几个孩子中，就有一个是隔壁女子的儿子。

一个古老的狼外婆的故事，被我讲得津津有味，听得小家伙儿们全神贯注，正讲到故事的高潮处，突然听见门"吱呀"一声开了。几个孩子包括我，都被这门声吓了一跳，以为狼外婆真的破门而来要抓某个小孩。扭头一看，原来声音是从隔壁破旧木门里发出来的，随着那响声，一个面目清秀、穿着一身洗得很干净的旧衣服的女子出现了。一看她的手，我就知道，这就是妹妹对我说过许多次的女子了。

记得妹妹回家或电话里常对我说，隔壁新搬来一位只有一只手的女子是如何了不起，会做饭、切肉，还会洗衣服、包水饺、做包子。无论做什么，一点也不比有两只手的女人做得差，从妹妹的言语里可以听出她对那女子很有好感。

女子5月初搬来，不久四川汶川就发生了大地震，那阵子电视、报纸铺天盖地都在播有关灾区的人和事。灾区的一举一动，牵动着全国亿万人们的心。有一天，女子上街，毅然决然地捐了两百元。晚上她老公回来，知道了这事，那男人给老婆的奖赏是狠狠的一巴掌，直打得女人的脸肿了几天。女子像做错了事的孩子一样，一句话也不说，用袖子擦了擦嘴角的血，抹一抹腮边的泪，就拿起扫把拼命地扫院落。女子的老公觉得打一下还不过瘾，干脆坐在人力车上大骂："你这个不知好歹的败家女人，专门吃里爬外，两百元钱也敢随意捐？你以为钱是那么好挣的？我一天到晚为别人拉货，能挣几个钱？一百元一天都是尼姑做满月啊！你倒大方……"直骂得楼上楼下的女人都围过来说他的不是，男人才悻悻地躲进屋里吃饭去了。

受妹妹的影响，我也无端地对那从未谋过面的女子产生了敬意。而且，只要妹妹一说隔壁女子，我的脑子里就会想起早年看的电视剧《典子》中的典子来，并一厢情愿地把现实生活中的女子当成典子来崇拜。

前不久，在电视里看到一位失去双手的年轻母亲，怎样带婴儿，怎样用双脚冲奶粉，怎样给儿子洗澡，怎样做家务……真是一位了不起的母亲，一个真正的巾帼英雄！奇怪的是在看电视剧时，我又自然而然地想起妹妹隔壁的奇女子来。虽然我没见过那女子，但是好像已经跟那女子很熟了似的。妹妹口口声声说的女子，我也很想见见，但我到妹妹家两次都没见着，今天终于让我看到了，心里有点儿激动。

一会儿，那女子进去提着一大桶的衣服，在自家门口晒了起来，晒完衣服，就走过来，往我身后打开的房门探了探头，而后小心翼翼地问："你妹妹呢？"还没等我回答她的问话，孩子们异口同声地说："上街买菜去了！"她听了后，轻轻地"哦"了一声，就要转身走开，看样子，像是有什么事。我就问道："找她有什么事？能跟我说吗？"她站在那儿待了一下，没有言语。我又补充："要不等我妹妹回来你再来吧？"望望天，女人摇摇头，然后极不好意思地嗫嚅道："没事，没事。"正在这时，我看到从大门口提着菜回来的妹妹。那女子见了，就迎着妹妹走去，小声地问："你有没有五十元钱，先借我几天，我要上街买菜，还想给儿子买一条冬天穿的裤子。"妹妹笑了笑连连说："有！有！"她放下手中的菜，从衣袋里摸出几张十元的钱，女子接了钱就急急地走出了大门。

望着女子消失的身影，我想起了今年9月初，我送我的鸟巢公主来城里读书的情景。那天焦头烂额的我，好不容易才为孩子注了册。当我无力地瘫在妹妹的沙发上唉声叹气时，妹妹说："你应该高兴才对，隔壁那个倔强女子，不放心让儿子跟爷爷奶奶在乡下读书，又不想让儿子到城里私人办的小学就读。她要让儿子到公立小学去接受最好的教育。可他们夫妻俩都是从乡下来的，对于升学这事完全不懂，所幸后来遇到好心人帮助，以前我还常常在那儿暗自叫屈：辛辛苦苦教了一辈子别人的孩子，自己的孩子到城里读书还要花高价，这老师当得……我还真要感谢那位老乡了，人家不但没得到我的什么好处，就连一杯茶也没喝我们的。去年外甥女和今年鸟巢公主上学，如果没有他，就是花高价也找不到大门的！"

从这件事中，我似乎一下子明白了许多以前无法明白的道理，人人都在为自己的孩子不输在起跑线上而努力，无论是城市或者农村，很多人都在寻找捷径，有的人找到了，而有的人在苦苦寻觅的途中，付出了很多。

一 块 冰

我是一块生在冬季、长在冬季的冰。谁都知道，冬是寂寥无情、清冷死寂的季节。我的生命从一开始，就被烙上孤独的印记。冰栖息的家园，没有鸟语，也没有花香，连一点青青绿色也看不到，一丝一厘生命的迹象也感受不到。冰川之下，日复一日，年复一年的过往中，我把自己修炼得晶莹剔透、纯洁无瑕，胜过那昆仑美玉，让所有的人能一眼望穿……

寒冷中，学会了忍耐，学会了坚强，学会了在默默无闻中把自己完善，同时也学会了在重压下低声歌唱。如此，还是时时感到孤独、疲倦、恐惧，甚至悲伤。风一起，满目凄凉，躲在永夜的黑暗中，害怕、疲惫、呆傻。

一块冰，命中注定没有温暖、没有伙伴，身边除了风雪，就是严寒，是它们伴我度过许多寂寥的时光。是一块冰，就只有一个人在时间的最深处呐喊。梦想的翅膀，被沉重的铁链牢牢捆绑，得不到舒展。从来没有飞鸟前来告诉我，要怎样对付艰难，直面苦难。更别指望会有种子在身边发芽，对我轻轻吟唱，悄悄地传授秘籍，要用什么样的草药才可以治疗满身的伤。为此，我痛苦、迷茫。

天和地是如此空旷，在无边的空旷面前，无助、彷徨。我想把三生的寒冷抖落在无涯的冰海，哪怕粉身碎骨也在所不惜。于是，拼命扭动麻木、僵硬的翅膀，传来的只有可怕的身碎冰裂的声响，每一次的扭动，都会让我感到锥心的痛。

凄风苦雨的日子，梦中的江南温柔、安然、雅致。我渴望阳光抚摸冷若冰霜的脸庞；渴望冰雪融化，任潮起潮落的大海之水拍去一声声孑然长叹。遥望远方，远方只有一弯残月朦朦胧胧的惨淡的光，心更加惆怅。岁月、生命就这样越走越深，越走越远，走到无法回头的岸。

　　常常身不由己地发出无奈的感叹，祈求层层包裹我的苦难，能在臆想之中顺利撤退融化，让和煦的阳光穿过那些幽秘的时间和空间，透过冰冷胸膛。瞬间，千年冰川被点亮，早就结了板的血脉硬生生软化，沿着春天草儿生长的方向，一节节，浸满馨香、美丽、灿烂。蓝天白云下放飞的思想，飞向理想的岸。心突然间多了一些湿润与感动，世界，顷刻间变得温暖弥漫。

荷塘冬韵

碧荷生幽泉，朝日艳且鲜。

秋花冒绿水，密叶罗青烟。

秀色空绝世，馨香为谁传。

坐看飞霜满，凋此红芳年。

结根未得所，愿托华池边。

——李白《古风·碧荷生幽泉》

午后的阳光像浓稠的丝缎，微微地照耀着。阳光下的冬日荷塘，仿若从历史深处打捞上来的一幅古老画卷，带着寒冷、破败、颓废的浓郁气息。画卷边上，似有人用淡墨题着："萧瑟秋风百花亡，枯枝落叶随波荡。暂谢铅华养生机，一朝春雨碧满塘。"

凝眸处，荷塘惨淡、朦胧，一切混沌未明。谁能想到这风中凋零的萧索残叶，它们也曾绿叶婀娜、红花如霞、绚丽多彩。无情岁月仿佛在转眼间就剥夺了许多清丽的容颜，剩下一支支硬骨，在寒风中支撑着一个个不屈的灵魂。

那些被风干的荷，枯槁的掌心里，是不是有缕缕无言的寂寞？这些残荷，它们在严冬面前孤倔的躯干，是如此的决然，令人动容。有谁知道，它们经历过怎样的风欺霜凌、怎样的艰难困苦，才变成这满目疮痍的容颜？

这样的时候，最容易让人想起远去的夏天。黄昏、露水、霞光，云层在天空开出花朵，团团清逸地浮动着。朦胧远山像忠诚卫士，静守碧色荷塘。荷塘中，青青荷叶、朵朵荷花一池连绵，蝴蝶翩翩飞舞，青蛙动情歌唱。岸上千万条柳丝艺术地垂下绿绿的丝绦，美丽得如梦境一般……

为荷塘而来的人的脚步声，踏响在夏的每个晨昏，赞赏的目光，如一只只流连不肯离去的蜻蜓，在喜悦的心里飞来飞去。可是，这一切的一切，都是明日黄花，已一去不复返了。

眼前残荷，让人很自然地联想到人生的历程，也是这样坎坷、曲折，历经磨难。渺小的人在时间的洪荒中，常常经不起太多世事的摧毁。有时候，明明猜中了开始，却因为躲闪不及，尘世就已经天翻地覆了。故而，结局竟也惨淡得不能再惨淡，凄惨得不能再凄惨了。

如今，那些枯叶，没有了喧嚣和浮躁，失去了如花的容颜，剩下的只有简简单单的平和、惨淡。如沉思默想的智者或勇者，用一种历经风霜后的静谧、悲怆，在不如意的命运中抗争着、站立着。或者说，像一首疼痛的诗，悲伤着那个属于自己的苍凉故事。

春日清晨

　　清晨，随着"吱呀"声，一扇厚实的木板门被打开，一缕细碎、浅淡的光亮，伴着一阵动听的鸟语，一齐漫进了这个农家小院。一位眉清目秀的姑娘，带着芬芳心事，从大门口探出了头。她先用手拢一拢乌黑的秀发，然后睁大明亮的眸子左看看、右瞧瞧，把目光定格在门口一棵桃花盛开的桃树上，接着她抿一抿嘴唇，笑容璀璨的脸像这春天的表情，而后，提起裙角，像一只春天的蝶一样轻盈地飞到桃树下。

　　抬头，枝头上，春天正活蹦乱跳在一片粉红的色彩里，露水在她脚边的草尖上无声地舞蹈。带着香气，有点微凉的空气，顺着她的掌心缓缓而去。对面楼头传来小孩琅琅地读"胜日寻芳泗水滨，无边光景一时新。等闲识得东风面，万紫千红总是春"的声音。

　　这位站在春天身边的姑娘，美得和春天一样，像某个美好故事中的女主角。她的头上是一片云蒸霞蔚的桃花，上面的天空辽阔而静谧。风轻轻地拂过开得热闹的桃花，也拂过姑娘沾着鲜花的裙摆，风吹绿了她的心事，吹红了她的心情。一滴洁净的露水从桃花上滴落，落在她的秀发上，像一粒饱满的种子，不知会不会在瞬间，就长出一座水草丰美的伊甸园来。姑娘一颗柔软的心，正跌宕起伏在青春的疏篱边，浑然不觉珍珠一样的露水的滴落。年华无声、红尘交叠，这样的时刻，相信她的思绪一定有些零乱。

　　显然，姑娘是在等待或沉思，她久久站在那里等待什么呢？是在等一粒种子发芽，一朵桃花飘落，还是在等一只紫燕从远方，悄悄飞进她如江南般美妙的春梦中？或者她正痴痴地想着，一场古典电影里，一位傲骨嶙峋的侠士，正站在她不远处的一株不知名的繁花树下横吹箫管……

也不知她要在这儿等多久，但是，她等待或沉思的姿势确实美丽动人。看样子，她早已醉在江南这温热的心房，忘记了眼前的一切了。

姑娘的前面是一条窄小的村道，几个刚走出家门的农人，有的扛锄在肩，有的挑着一担大而黑的桶，也有挎着菜篮的老人。他们全都不慌不忙地走向田畴或菜地，做他们日常所做的事。一些从岁月深处蜿蜒而至的香，在山村上空飘忽不定。洁净空气，像农人那一颗颗超越时空、看破浮名而温柔敦厚的心，穿过那些岁月苍茫，来到他们用心守候一辈子的寂寞田园里。不远处，一大片金黄色的菜花，在辽远天空下，把田畴、山乡点缀得透亮、透亮的，像燃烧在农人心中的希望的火把。

远处，青山被一群又一群小鸟的翅膀擦得锃亮，春风带着绿色生命，一路缓缓走来。有点迷茫的小溪边，杨柳一丝丝、一线线，不知不不觉间长出了鹅黄色的细细的叶片，在风中摇晃着。要是那个在楼头读诗的小孩来到这儿，一定又要大声地读"不知细叶谁裁出，二月春风似剪刀"这样的诗句了。小鸟在柳条上荡着秋千，叽叽喳喳地商量着一场春事，鱼儿却躲在波光粼粼的水里，偷听小鸟的秘密。

山后的太阳渐渐升高，像极了村民们甜美的笑脸。阳光的步履踩在湿漉漉的土地上，于一种简单的旋律里，悠扬出希望的欢歌笑语，就像一曲在秋日里唱响的丰收的歌谣。

春天，用写意的手法画出了一个轻缓、雅致、淡香，充满希望的新天地。

所　　见

　　早上，一条几乎包罗了全城人吃用的大街上，人声嘈杂。买东西的、卖东西的，全挤在那儿，像一大锅煮沸了的豆渣似的乱糟糟的一片。那些摊主各站在各自的位子上，守株待兔般等着顾客上门。

　　这个时候，卖豆浆、包子、馒头的铺子最红火。行色匆匆的人们，走到那儿都会停下来，买上两个包子或馒头边走边吃。在一个包子铺前，一个三十出头，带一个四五岁小孩的女子掏出一张五十元钱买包子。摊主找给她钱，她说不要二十元一张的，摊主换了四张十元的，她又抽出其中一张嫌太旧。这样换来换去，那女人总算提着三个包子要转身走人。谁想这时摊主"唉唉"地叫了两声。女子回头，摊主讨好地说："算错了，多给了四元钱。"女人一听就不高兴了，放下一张马脸，骂骂咧咧地："又不是我要多，是你算不来。"女人边说边从钱包里抽出钱，扔在地上。大清早的，遇上一个态度这么恶劣、说话让谁听了都会不舒服的人，再加上刚才换钱的一番折腾，摊主窝着的一肚子火就像火山一样爆发了："说话怎么这样难听？谁碰上你谁倒霉！"偏偏买包子的，是个只许州官放火不许百姓点灯的主儿。

　　这可不是个吃素的女人，大约在她的潜意识里，只有她骂别人的理，岂能被别人骂？于是，女人眉毛一竖，玉手一伸，就生生地把人家那白塑料箱子，从铺子一角的架子上推到了地下，半箱子的包子、馒头，天女散花似的，一时间滚了一地。正弯腰捡钱的女摊主见状跳了起来，并很快地操起一把火钳。周围的人出于好奇一下子全都围了过来，也不知谁不小心把那女人的孩子踩了一下，小孩大哭起来，那买包子的女人也顾不上她的孩子。见此情形我赶快牵着我的孩子挤出人堆。

回望，里三层外三层的人早已把那儿围得水泄不通，探一探头，什么也看不见，只听得两个女人边骂边打的声音和着小孩的哭声，一浪高过一浪地传过来。

此情此景，让我不由得记起看到过的另一幕：在一个菜市场，一个买菜女子买好菜向后退了一步，不想就踩到了她身后一位女子的脚上。肉嘟嘟的脚面被高跟鞋踩了，肯定是疼得不得了。自己有一次也被人这样用力地踩过，当时心里也很是生气，也想骂人，当看到对方如花的笑脸，听到坦诚的道歉时，一肚子的火立时就烟消云散了。

可是，尽管踩人的女子连连赔着不是，被踩的人心里就是不甘，也像刚才那买包子的女子一样，大骂："你瞎了吗？踩到我了，你看不见吗？"踩人的女子还算有一点涵养，自知没理，也没说什么，只是一脸的愤怒。被踩女人却有点得寸进尺，接着又从薄薄嘴唇吐出一大串不但难听，而且让人很是忌讳的话语："你这恶女人，不得好死！出门就要被车撞死！"

那些穿越我生命的声音

　　播音员玉润的声音，如清晨森林里动听的鸟语，似乎还带着点醉人的花香，伴我度过无忧无虑的少年时代。那时，村里一天三次的广播准时响起，也就是说在那个偏僻的小山村，广播是那时的山里人了解外面世界的唯一窗口，少年的我就是通过这挂在墙上的喇叭，才知道世界上还有一种能震撼人心的东西叫音乐。从此，我开始喜欢听吵得整个村子都跟着动起来的广播歌曲了。

　　后来我又知道还有一种更先进的东西，它的名字就叫作三用机。第一次使用录音机，那激动劲儿，甚至比家里买来一台西湖牌黑白电视机还要厉害。当时的场景到现在我还记忆犹新。刚到师范学校读书时，学校要举行庆国庆文艺晚会。一天放学后，年轻的音乐老师拎来了一架三用机，说是排节目用的，说完就转身走了。要知道，我曾做梦都希望能在三用机里录下一首歌，听听自己的声音到底是怎样的。

　　遗憾的是当时别说家里没有三用机，就是村子里也没有人有这东西。所以，看到那台机子，我眼睛都发亮了，心像揣着几只小兔似的砰砰跳着。在我语无伦次地说明了我的心愿后，一个会用三用机的女同学教了我。几分钟后，我第一次听到自己柔媚、绵软的声音从黑乎乎的盒子里飘了出来，感觉好听得不得了。不知是谁这样说了句："怎么这么好听啊，简直比专业的播音员还要好！"于是，惊奇、兴奋、得意一起久久地缠绕在我的心头。

　　毕业后在乡下教书，那偏僻的山村学校，除了几本教科书外别的什么也没有，那份孤寂和落寞真是难以言说。为了打发让我感到窒息甚至感到无法过下去的日子，我买了三用机。拥有三用机，对当时的我来说就等于拥有了整个世界。音乐课带去上音乐，语文课我就先自己把课文认真地朗诵，录音，再拿到班上让学生听。课余，别的老师用打麻将和玩扑克牌来打发时间，我就守着那台宝贝机子，一遍又一遍地听那些或忧伤或缠绵的歌曲，我要用音乐来抚平心灵的创伤和内心的不平！我听音乐几乎听到忘情的地步，以至于能唱出所有当红歌星的歌曲。

当然我也爱听小说连播，姚雪垠的《李自成》、路遥的《平凡的世界》等小说，就是在这时听的。真的很感谢那些陌生而充满感情的声音。是那些穿越孤单生命而来的声音，陪伴我度过漫长的枯燥无味的岁月。

后来，日子似乎一天天好起来了，先是学校有了三用机，再后来，每所小学都有电视了，再后来又有了电话、手机。随时随地都可以听音乐或听别的什么节目，原本平平淡淡的生活似乎一下子丰富多彩起来了。

现在，这地处大山深处的学校也有电脑了。电脑一下子就拉近了我与世界的距离，让曾经与世隔绝的日子，变得不再与世隔绝了。有空时可以与远在天涯海角相识或不相识的朋友语音聊天，说说心里想说的事，就像是面对面坐在那儿说话一样；高兴时看看新闻，或写写不成文的文章，自我陶醉一下……

鞋子的故事

　　对门四十出头的刘嫂，在村里因勤劳和节俭而出名。经常听她说她的一双儿女是败家子，说得最多的是孩子们穿鞋的事。这天早上，她又在那儿说开了："你们看看，看看！一百多元一双的鞋，还没穿两天，说不穿就不穿了。再有钱也经不住这样花啊！"只见她手里拎着一双半新的名牌运动鞋，站在自家崭新的三层楼房的门口。一位也是当母亲的妇女接过她的话茬儿说："现在的孩子都一个样！"

　　听刘嫂的话里有几份责备、几份可惜，更多的却是一种炫耀和自豪，这说明她家中殷实啊！也该她夸耀的，谁让她碰上了改革开放的年代了呢。刘嫂结婚二十多年，他们不但盖起了和城里人一样的洋房，而且家里彩电、冰箱、摩托车一应俱全。

　　刘嫂见我在那儿洗衣服，就走了过来："这么新，丢了可惜，还是我穿！想当年一双解放鞋，哥哥穿了姐姐穿，姐姐穿了才轮到我，还像宝贝似的。"听刘嫂这开场白，我笑了笑说："你又要跟我说小时候穿草鞋的事了吧？"刘嫂被我这一说，有点不好意思地笑了，然后摇了摇头："不说了，不说了！"说完就回到她的房子里去了。

　　刘嫂走开了，我却自觉地顺着她刚才的那句话想了下去，我知道刘嫂的娘家在离我们村子有二十几里的山顶上。听刘嫂说，从前那个村子里的闺女和媳妇全是做草鞋的行家能手，方圆百里的村子里的人穿的草鞋都出自她们那儿。

　　刘嫂跟我讲的许多故事中，最让我不能忘怀的是有关穿草鞋走亲戚和赶墟的故事。她说她们村子里多数的人不论赶墟还是走亲戚，只要走远路脚上都是穿着一双自家做的草鞋，手上拿着一双解放鞋或者别的什么，等快走到墟市或亲戚家时，才把脚上的草鞋换了，悄悄地藏在路边的草丛中，回去时，再到那儿把草鞋穿上……每每听刘嫂说这些时，她们那带着贫穷落后气息的生存状态就像一幅无声的图画浮现在我的眼前。想象着刘嫂当年那细细白白的脚穿着粗糙的草鞋，走在有点落寞而荒凉的弯弯山路时的艰难。

刘嫂还无数次得意地说，自从结婚以后，她不但再也没穿过又硬又扎人脚的草鞋了，连她原来村子里也没有人再穿那玩意儿了，那做草鞋的绝技也就失传了。当然，刘嫂要说的还不止这些。原来那透着浓雾有着诗情画意的山村泥土小路，也早已成为明日黄花，取而代之的是用水泥铺的硬邦邦的公路通向大山深处的各个村子。现在刘嫂回娘家不但不用穿草鞋了，就连路也不用走了，她都是坐车回去的。

粽 妹 子

　　端午节似乎是与粽子紧紧绑在一起的，许多与粽子有关的人和事，常常在过节时从记忆中浮出。

　　小时候吃粽子时，最想吃到的就是喜粽。我们这地方有个习俗，端午节包粽子，一定要包一个喜粽。所谓喜粽就是以小粽为心的粽子。这粒包裹着欢喜、幸运、希望，以及一切与农家喜事有关的粽子，混在一大锅粽子中间，从起锅的那一刻起，就成为一家人热切的期待。人人都希望自己能一口咬中这象征着无限吉祥、荣耀的粽子，从此吉星高照，喜事连连，就像当官的连升三级，考生连中三甲一样，风光啊！

　　小伙伴中，有个叫粽妹的，据说是在她娘包粽子时生下的，就叫粽妹了。这年端午节的下午，粽妹穿着一身过于肥大的新衣，来到我家。只见她一双手背在后面，神秘兮兮地要我猜她手上藏着什么。我说香袋，她摇头；我说杨梅，她又说不是。这下轮到我摇头了。见我猜不出，她马上喜笑颜开地伸出小手，原来是一个小巧玲珑的喜粽子。不知为何，我的心里顿时生出无限的羡慕和嫉妒来，觉得粽妹太棒、太伟大了，连着两年喜粽都让她吃到，多爽、多体面。

　　粽妹这鬼精女子，一下就猜中了我的心事。她把我拉到一边，悄悄地说，这样，这样！我连连摇头，不能，不能！接着她冷笑一下说："那你永远也别想吃到喜粽！"我想也对，好像每年的喜粽不是被父亲吃了，就是让母亲解开后，发现是喜粽才给我吃的，哼！今年我也要自己吃出一个喜粽来！

　　于是，我拉着粽妹来到楼上，因为母亲把粽子挂在横梁的铁钩子上。

我俩站在长木凳上，费了吃奶的力气，总算把一挂粽子拿了下来。接着我就手脚麻利地解粽，连着解了六七个也不见喜粽的影儿，有点泄气，不想解了。站在一旁的喜妹说，还是用她的办法好，说完她就下楼拿来一根筷子。在粽妹的授意下，我正要对母亲精心包裹的、完美无缺的粽子大开杀戒时，突然听得外面响起雷声炸响似的声音："死粽妹，哪儿去了？找到要扒了你的皮。"

母亲忙说："粽妹在我家呢，什么事呀？"粽妹的母亲这才把声音放低了说："这死女子，心狠啊，为了吃那个喜粽，一大锅的粽子全用筷子捅得像马蜂窝似的。"

刚才还神气活现、喜不自禁的粽妹，这下只一个劲儿地往门后角落里躲。

四月不仅仅是花朵的绽放

　　站在草木葱郁的四月中央，觉得有许多话要说，有许多事要做。最想说的是，在这温暖晴朗的四月，为什么那些高挂枝头的美丽，似乎在一夜之间都选择了在这妩媚得有点让人无法把持的春光里凋谢？它们到底是因为无法抵御化茧为蝶、翩翩起舞的美妙，还是因为忍受不了寂寂旷野无人欣赏的寂寞才纷纷逃离，一任灵魂的诗篇幻化成缤纷的翅膀，唱出绝版的美丽的呢？

　　岁月在安静无人的旷野里破碎，把温柔折叠成一阵绝望的虚无。寂寥里，满地狼藉的落红之后，所有故事、所有回望与宁静的温婉，都恍若缥缈千年的情节，轻薄如纱。

　　我想，人如果活得没有了依靠与希望，像浮萍如落花，缺少一种对生命的期盼，是不是也会情不自禁地如同四月的花朵一样，选择一种无奈而美丽的凋落。凋落之前，这些花朵是不是也如清高自怜的林妹妹，幽幽轻叹："天尽头，何处有香丘？"那份疲惫后的苦楚，又怎能是"花谢花飞花满天，红消香断有谁怜"这样的诗句所能描述得了的？如此想着，心底泛起一阵轻轻涟漪，如吹皱的一湖春水，荡漾着微微的波澜。

　　其实，四月很美，可眼前的意境却给人几分幽凉。此时，那些云里烟里，一树又一树的花开，雨点前的轻盈、娉婷，阳光下天真的庄严，新鲜而初放的新绿，落在房梁间对对紫燕的呢喃，温暖与希望，在盛开与凋谢间把谁的往事来蹉跎？

　　四月，顺天意而去的花朵，就算是落得一塌糊涂、一地伤痛，也不一定要让人生出深深的悲，我们为何不把它看作一种淡淡的喜悦，一种"化作春泥更护花"的执着和无畏呢？花去了，不是还有若有若无的香，如平静而缓缓流动的春水，于隐隐约约如诗如画的青山间飘逸吗？

一阵风轻轻拂过，远处，山岭之上，是一簇开得正艳的火红杜鹃，它们隔着四月烟雾茫茫的光阴，绽放万水千山的渴盼。但我更相信那是母亲殷殷的祝福与祈盼。梦幻里仿佛四月正打马踏过我的青青原野，奔向烟雾朦胧的天地。

四月，是文人用文字串起的一串串翠绿，是农人用锄头扛起的一片在望的丰收，美得让人从心底流露出无限眷恋。春的影子，拉得老长老长，就让我悄然无声地沉醉在四月的明媚里，一任幸福的阳光透过胸膛。

让草长莺飞的四月，充满亘古未有的守望！四月，不仅仅是花朵绽放，燕语呢喃。在四月，我最想要做的就是从心底筛选一粒饱满的种子，种在向阳的坡上。生命纵然卑微，也希望它能长出一种与众不同的灿烂。

捕鸟的经历

　　清晨，静坐窗前，眺望远处山顶被一抹朝阳染得金碧辉煌的景象，遐想着。突然，"叽"的一声，一只不知名的小鸟，倏地飞进房间里来。紧接着，这只意外闯入的小鸟，在陌生的世界里扑棱棱地转着圈，惊慌失措得竟然找不到逃生的路。

　　小鸟狼狈的样子，看得我有点幸灾乐祸。最后，那只鸟飞走了，如一场春雪、一阵落花，来无影去无踪。

　　一只小鸟的到来，不但让我刚才天马行空的思绪收拢了起来，而且还像一阵风一样，一下子就把一扇尘封的记忆之门打开了。

　　小时候，也曾像鲁迅《少年闰土》一文里描写的那样，在雪天里捕捉过小鸟。当时还不知道这世上有个鲁迅，更没有读过他老人家的作品，也许那是所有农村孩子共有的天性吧。不过记忆里从来不曾捕到过小鸟，那些机灵的鸟，才不会上我这个笨家伙的当呢！

　　那年冬天，雪纷纷扬扬地下了几天，村子里的雪积了有一尺多厚，有些男孩女孩跑到雪地里捕鸟。远远的，看得我也眼红了。回到家，从谷仓里抓出一大把金黄饱满的稻谷，撒在黑漆漆的楼板上。支起一个大竹筛，拿一个笋筐倒扣着，自己藏在里面。手捏一根细细的绳子，眼睛紧瞪着那些零散的谷物和那面硕大的筛子，专等着找不到食物的鸟儿自己送上门。

　　那些被我精心撒下的谷子，似乎在寒冷的空气里微微地散发出诱人的香味，不一会儿，就有三五只小麻雀寻香而来了。看样子，它们好像不是冲食物来的。它们精着呢，好像早就猜透了我的鬼把戏和险恶用心似的。对着那些可以充饥的粮食并没有做出一种垂涎欲滴的馋相来。它们很绅士，也很有风度，不像河里的鱼儿，见到诱饵就咬钩。

麻雀有的站在横梁上叽叽喳喳叫着，有的在楼板上迈着碎步，一副悠然自得的样子，看得我牙痒痒。更有胆大妄为的，竟然站在筛子上，慢条斯理地梳着那并不光洁和美丽的羽毛。我想它们可能是在察看"敌情"吧？

时间在彻骨的寒冷中，一分一秒地过去，一阵阵冷风袭来，我轻轻地打了个哆嗦。终于有两只不怕事的麻雀，开始慢慢向着筛子靠近了，有一只东看看西看看后，叼起一粒撒在筛子外面的谷子，好兆头！我心里暗暗喜着，看来胜利在望了。

就在另一只探头探脑要进入筛子的紧要关头，一只大母鸡咚咚地跑上楼来坏了大事。我一急，掀开箩筐，随手操起一把扫把对着母鸡大打出手，直打得那鸡无路可逃，只好"呼"地一下，飞到对面人家堆积着白雪的屋顶上，不知所措地站在那儿发愣。

当一切安静下来后，麻雀们又来了，有几次明明看见麻雀进入了我布下的天罗地网中，可是，拉绳时，不是因为动作太慢，就是因为动作太快，全都成了竹篮打水。筛子倒下去了，楼板上尘土和鸟儿一起扬起来，四处散开，筛子下什么也没有罩住。

如此几次，雀儿跑得无影无踪，再也不来了。我也气馁了，不再玩了。可耳边却不时传来小伙伴捉到小鸟的欢呼声。唉！别人能做到的事，我却费尽心机也做不到。心里那种缺憾带来的疼，让我只能在别人的幸福里，遥望着那些不属于我的快乐和收获。

不过早年捕鸟的经历，却让我明白了一个浅显的道理：生活中许多看似轻易就能得到的东西，往往最难得到！

田　　野

　　从江南烟雨迷蒙中走来的夏日田野，沉浸在一片欢快明丽的绿色里，亲切、安然。那些躲在重重烟雨，或站在阳光下的农人，在纵横交错的阡陌上，显得那样温暖而从容。他们执着地守望着不愿改变模样的孤独田野，用勤劳的双手编织着层层梯田起伏的锦缎。这充满着生机，更充满着农人对生命、对温饱最原始渴望的田野，是一幅凝固了的山水画，也是农人心灵栖息的家园。

　　清晨田里清清的水，在初升的阳光下静默着，如一面镜子，把天空的蓝色全拽进水田里来。一双双紫燕来回地奔忙着，掀开如烟如雾的空气。燕子以衔泥的优雅姿势，撩拨清越古朴的音符。田野内心深处的秘密在耕牛的叫声中醒来，撞上田边一朵开放的野花，芳香四处散开。

　　像树的根须的田埂，在无垠的田野里绵延着数不清的曲线。这些线条，把稻田随意地圈成一个个舒服柔软的图案。这从远古走来的精美绝伦的田野，像一首纯美的歌谣，又像深谷里的潺潺流水，蜿蜒迂回，沿着稻浪起伏的韵律走进历史的更深、更远处。

　　田间地头丛生的杂草，任凭农人粗大的脚掌从它们身上踩过、踏过。勇敢的杂草，会倔强地抖落浑身的疼痛，一次次顽强地站起来。野草不屈不挠的性格，像极了那些为了生存、为了温饱，在风里雨里历尽艰辛后，依然能无畏无惧地挺立于天地之间的农人。

　　刚才还万里无云的天空，突然之间开始风起云涌。远方扬鞭耕田的农人，站在田中央，仰首向天，而后大喊："下雨啰！"粗犷的声音，如惊天的雷滚过一个个的山头，消失在千山万壑之中，此时，苍茫的天地间静极了。随后，农人麻利地穿上棕衣，重新戴上斗笠，继续着千古不变的耕作姿势。

风拂过田野，一些说不出的香味如历史飘散的烟云般，消失在静静的山谷里。

雨开始密密麻麻地下了，迷离、虚无、原始。抬眼望去，"暖暖远人村，依依墟里烟，狗吠深巷中，鸡鸣桑树颠"。有着质朴农家风情的村庄，就紧紧地依偎在田野的边上。

酒的一些话题

建阳人爱喝红酒，有人说这可能与阳光有关。阳光温暖的地方，人的性格会变得温和，与红酒的性格一致。

——题　记

总觉得酒和茶一样成了乡村生活不可缺少的一部分，它在几千年前就已经融入人们的血液和生命里了。所以在建阳，家家会酿酒，人人都是酿酒师。

村里的人都坚信在冬至这天酿酒最好，这种习俗也不知是从什么时候开始的，大概很早很早以前就有吧！所以一到冬至这天傍晚，在乡村那几千年未断的袅袅炊烟和鸡鸣狗吠声中，家家户户蒸糯米饭的香味就开始在愈来愈浓的夜幕下弥漫开来。大人们眉开眼笑地忙着准备过年的美酒，酿下一年的好心情；那些天真可爱的孩子，他们手里拿着晶莹如玉的糯米饭团，东家跑跑、西家串串，搅得整个村子热闹非凡。

谁家儿子要成亲了，谁家女儿要出阁了，谁家的老人或小孩要过生日了，首先要做的事就是酿满满的几缸红酒，等好日子到来的那天，拿出来招待亲朋好友。村民评判一场酒席的好坏，往往是先评主人招待客人的酒，菜倒是次要的东西。如果酒好，喝一口清新爽口、回味无穷，人家就夸你舍得；若是酒不好，喝了像水一样，别人就说你小气。以至于在酒桌上，主人常说的一句话就是："没什么好菜，酒就请大家尽情地喝吧！"正因为有如此浓厚的饮酒之风，所以善饮之人自然不少。

据说我小的时候挺能喝的，父亲一餐喝一大碗，我就要喝小半碗。因此，外婆就送给我们一个外号：大筒、小筒。在我们这儿，装酒的瓶子被叫作筒子。听外婆说有一次，父亲去舀酒，忍不住酒的诱惑，等不及在饭桌上喝，就站在酒坛旁边喝了起来。这一幕被我看到了，就大声地叫起来："外婆，外婆，大筒自己一个人在那儿咕咚咕咚地喝，小筒没得喝！"其实，这事我不记得了，只是每当外婆作为一种笑谈说起时，我才觉得似乎真有这么回事。因为我这人天资不够聪明，小时的许多事自然记不清了。到后来当他们再拿这事说笑时，我就会愤愤不平地说："你们怎么当家长的，两三岁就开始训练孩子喝酒，知道这对小孩的伤害有多大吗？难怪长大后我智商不如别人！诗仙李白斗酒诗百篇，是何等的潇洒，但据传他的儿女并不聪明啊！"

酒的美，最早我是从"葡萄美酒夜光杯，欲饮琵琶马上催"这句诗里感受到的。每次读那诗，就好像透过文字，穿过几千年风雨沧桑，看到那些英雄饮美酒，如同霸王别姬时的悲壮场面；听到了易安居士的"三杯两盏淡酒，怎敌他、晚来风急"的闺中轻叹！水浒英雄们大碗喝酒、大块吃肉和《红楼梦》里的太太小姐们喝令酒的描写，虽然都在我的脑海里留下了很深的印象，但是，我还是更喜欢那在乡村喜宴上看到的情景。

在一片杯盘狼藉的酒桌上，爱酒的父亲和那些同样爱酒的人，因猜拳、喝酒的缘故红光满面。额头、脖子上暴着一条条青筋的男人站在酒桌前又是通关，又是单挑。这些站着喝酒的纯朴山民，全然不像鲁迅笔下站着喝酒的孔乙己那般落魄。他们的心就像一杯杯醇厚的红酒洋溢着热情，充满了自信，在喜气洋洋的氛围中，猜拳声此起彼伏，很是有那么一点乡野情趣。

父亲常喝醉酒，我呢，看到他去跟别人猜拳，就紧跟在后面，像一位忠诚的警卫员似的。在他们喝得忘乎所以、热情高涨时就拼命拉他的衣角，让他别喝了。可父亲依旧我行我素，根本就不理我。男人们常说酒场如战场，在那热火朝天的酒席上，在那一声声犹如战斗号角的猜拳声中，谁愿意做一名逃兵，中途退场让人嘲笑呢？有一次怕他喝醉了，就骗他说姑姑来了，谁知他回到家里一看发现我是骗他的，就把我痛骂了一顿。委屈得我只有用大声的哭来表示不满。

这儿喝喜酒有个习惯，那就是客人在酒桌上闹得越凶，主人就越是高兴，说是办喜事就要这样地闹，不闹不好玩！为此，就有了许多不知趣的人，喝到后来，他们一个个丑态百出，有的大呼小叫，有的跟跟跄跄，还有道行不够的当场就吐得臭气熏天。这时，看热闹的就心满意足地散了，石板路上只留下一些大声的评论：谁有本事，酒量大；谁孬种，没灌两瓶就像猪一样倒了……

长大后，我在备尝生命与生存的苦痛后，方知酒是属于千古寂寞和一个人的孤独的。也理解了年轻时的父亲和那些爱喝醉酒的人，为什么总要喝醉酒了。愁苦时找不到推杯换盏的知己来吐露心中的苦闷，独自一人坐在月夜下对着干硬的山风独饮，微醉时的那种缥缈空灵、清风徐徐送万古烦恼出愁肠的感觉，还真是有点妙不可言啊！谁说酒入愁肠愁更愁？李时珍不是说"酒可壮神御寒、消愁遣兴"吗？

更有一些奇特的不为外人所知的与酒有关的习俗。男子要娶亲之前，得先去定做一个半截的刻有百子千孙字样的酒瓮，到了正式娶亲的那天由两位迎亲的男子抬着一瓮瓮口上封着大红纸、写着大喜字的红酒到女方家中，放在大厅之上。到了回门的这天，这酒瓮上的红纸由女方家的父亲或兄弟撕开，用这男方抬来的红酒招待新女婿和女方家中的长辈，让这些亲人沉醉在美酒和亲情中。不过这酒也不是白喝的，凡喝了回门酒的人，都要包一个大大的红包给新郎。那一瓮酒喝完了，瓮还得留着，等到女儿在男方那边生小孩做周岁这天，做外公外婆的也要装上满满一瓮上好的红酒，重新贴上红纸，写上喜字，抬到女儿家中，让前来祝贺的客人喝个痛快。

谁家娶来的媳妇，几年了，肚子始终扁扁的，丝毫不见有喜的征兆，按理说这与酒何干？可俺们建阳人就是与众不同，偏偏要让生孩子也沾上酒的光。过门后几年未孕的媳妇，在左邻右舍有人生小孩坐月子时，要天天炖一碗红酒蛋到坐月子的妇人的房间去与她一起吃。酒原为谷物之精华，故能补益肠胃、益气强志、令人体健。那一碗碗的红酒吃下去了，小媳妇原本比较娇弱的身子骨强壮了，为孕育新的生命提供了一个丰腴肥美的理想场所，来年不生个大胖小子才怪呢！也许正因为有如此不可言说的功效，所以千百年来这古朴民风才得以保存下来。

酒在乡村不单单是用在红白喜事和逢年过节上的。酒的另一个妙用就是药用。我生病后，有人说红酒、红枣、红糖炖服可补血强身，那段时间我几乎是天天喝得晕乎乎的，不辨东西南北，也不知自己是在人间还是在地狱。身上热烘烘之际，有时觉得自己就像是一株被命运之手连根拔起后又被无情地丢弃在炙热沙漠里的小草儿，在痛失水分的滋润后慢慢干枯死去……有时也明白那是一大碗浓浓的红酒正在我的身体里穿云破雾，如一大群勇敢的士兵挥戈提盾向入侵的敌人杀去！渐渐地，在酒的滋润下，我那原本瘦弱不堪的身子终于从绝境中死里逃生！可以说是一碗碗红酒给了我勇气和力量！

　　妇女生小孩坐月子时一定得吃红酒、鸡蛋、红糖炖的红酒蛋，一日三餐都要吃。说是这红酒蛋活血去污，下奶。要是月子里肚子痛了，那也很简单，用上一个干莲蓬炖红酒吃了，就好了，没事了。

　　红酒可去伤，祛寒气，这是大家都知道的。因为它有活血化瘀、疏导经脉的功效，所以常被用在跌打损伤上。村民成年累月在田间地头劳作，磕磕碰碰是在所难免的，受了伤又没钱怎么办呢？好在我们的祖先早在那缺医少药的远古年代，就为后人留下了无数可医治伤痛的、又经济又实惠的红酒加草药。比如有一种叫作两头拿的藤状植物，连根拔起后鲜用或晒干都可。用法是把两头拿捆成一小捆或切碎，放入红酒中，隔水用文火慢慢地炖。可内服，也可外用。无论是新伤还是旧伤，其药效都相当好。

　　用一种叫甜菜的植物的叶子炖红酒治妇女闭经疗效好。可以说是药到病除，比起那些西药既省钱又省事。

　　那开着淡蓝色小花的马兰草在春夏之季采来洗净，切碎，用红酒、鸡蛋、香油炒了，香喷喷的，又好吃又能去伤，还可医妇人的痛经。总之，所有的草药若缺少了红酒，都失去了它的药用价值！正如古人所云："酒为诸药之长。"

　　总之，酒的好处几天几夜也说不完！

飞出一片明丽的天空

以前没上网时，我就像生活在极夜的世界，永远躲在黑暗和寒冷里，一寸寸的生命被漫无边际的黑暗和寒冷一点点地吞噬着，我看不到一丝一毫的光明与希望，没有快乐，更谈不上欢笑，伴随我左右的只有凄风苦雨，只有贫病交加、孤独无助！

有的时候又觉得自己就是那毫不起眼的芦苇，忧伤易折，整日与水为伍，淙淙而流的小溪水就是我今生流也流不完的泪水，是那难以释怀的伤痛！

后来，不知哪个单位给学校送来一台淘汰了的电脑，我因此而认识了许多穿着马甲的人，于是爱上了这在红尘最深处的相逢，珍惜着这相聚的缘。

如今我恨不得天天上网，可以说上网是为了心中那份期盼，为了能遇上那个教我怎么改诗、怎么写文章的人；为了那个给我鼓励，让我坚强的人；为了那个为我提供精美照片的人；还有就是为了那第一个把我文章发表的喜讯告诉我的人，以及那个悄悄问我"你是哪儿的"，并争着要当哥哥的人。我真的好希望每次都能遇到这些好心的人。

是网络给我这一潭死水的日子带来生机，带来希望；是网络让我走进一个全新的世界。它是我那不染半点世俗尘埃的桃花源，是最美丽和谐的王国。在这儿没有世俗生活中尔虞我诈的阴险，没有以强凌弱的无耻，胸无城府的我无须担心会有人在背后对我下刀子、设陷阱；在这里没有不堪重负的生活，我可以自由自在地握着那并不生花的笔尽情地直抒胸臆，写出平时想说无处说或不敢说的话。

我知道我这并不灵巧的笔写出的所谓诗文，其实还不如我母亲那一篓篓喂猪草值钱。可在感情上，我更期望自己呕心沥血写的东西就是那价值连城的和氏璧。

　　我希望那些故意从笔尖中遗落的美好心愿，会像一株株小小的蒲公英那样四处飘散，飞出一片明丽的天空；抑或像一盏不灭的灯，照亮我无声无息的阴暗角落。

春天种下希望

　　花开了，谢了；雨下了，停了。田间地头怀着美好憧憬和希望的农人，一如既往地为生活、明天忙碌着。俗话说得好："春种一粒粟，秋收万颗子。"农人种下一粒粒粮食的种子，虔诚地祈求这一年风调雨顺，能有喜人的收获。孩子天真无邪的心里也在种植希望和理想，他们也盼望着自己能如雨后春笋般茁壮成长，长成参天大树，长成国家的栋梁。

　　三月，春深似海，花开遍地，在我眼里，却有几分落寞、几分凄凉。我心在深深浅浅、零零碎碎的旧影里徘徊，无法走出那时间的荒芜，抵达芳香四溢的春天。

　　跨过岁月无情的风雨，想象着自己如同那树上纷纷落下的花瓣，正在一天天地老去，容颜不再娇艳，不再灿烂如花，人生已如落红般，很快就会被一抔净土掩埋，了无痕迹，无处可寻。故而，在这乱花渐欲迷人眼的缤纷三月，我似乎忘记自己曾经的期待，再也不想做什么徒然的挣扎，不去寻求茫然的梦想，两手空空的自己，什么也没有，内心的失落犹如大海的潮水一般汹涌。

　　我只是个平凡得不能再平凡的人，渺小得如同一粒尘埃，生活中不会有诱人的鲜花为我盛开，更不可能有热烈的掌声为我响起，甚至连最喜欢听到的称赞也成了一种可望而不可即的奢侈。

　　是春雷惊醒我的沉睡，是春雨化解我万般愁绪。我想在这美好的春天，还是得为自己种下一些哪怕是极其微小的希望，为自己低吟浅唱一曲遥远的歌谣，独守一份淡然，也是一种美丽。不必悲伤，不要难过，就让曾经的无奈和不幸随那渐行渐远的流水而去吧！换上好的心情，我本是个平凡的人，平凡的人只要平凡的生活，就如小草不会渴望自己长成参天大树，野草莓花不可能梦想变成富贵的牡丹。我也不求功成名就、飞黄腾达，享尽人间的繁华；不求干一番轰轰烈烈的大事业而名垂青史、永世流芳！

　　我只要在新的一年里，亲人朋友能健健康康，快乐幸福！工作中默默无闻没关系，物质上比不过人无所谓，只要怀揣美好的希望，只要拥有灿烂的阳光，拥有一份好的心情，以自己的方式独自在这僻静的角落清清净净度过一生，这样的人生亦是美丽的。

躲在网上当妹妹

因为命运的不幸、生活的不尽如人意，我曾一度把心灵的那一扇窗关得严严实实的，独自躲在一片漆黑与寂静的世界里，好像外面的花红柳绿、一丝一毫的声响都与我无关！常想活着无非是为了证明自己没有停止呼吸罢了，总感觉有太多的无奈和心酸。

都说人生没有拐不过的弯、跨不过的坎、过不了的关，可我真不知道，这脆弱的生命究竟要穿过多少风雨和悲伤，经过多少炼狱般的苦难，才会有美的翅膀驮着我飞越迷雾奔向美好所在。

是网络把心如止水的梦搅得阵阵涟漪，那是我的春天童话，在那里我心安理得地当起了人家的妹妹来，尽管有时心里也会有一丝不安掠过——也许叫我妹妹的人在年纪上根本当不了我的哥哥，可我又觉得当妹妹的感觉真是太美了，真好！我要在网上隐瞒自己的真实年龄狠狠地当一回妹妹。也许谁也体会不到我此时安静如水、纯洁如玉、充满感动的心境，我的妹妹情结！

小时候，看到别人有哥哥，我没有，我就会像羡慕别的女孩有个美好的名字那样，恨父母不够爱我、不够疼我，不给我一个哥哥，也不给我一个有着花般迷人的名字，现在想来那时我的想法真是傻得很没道理！

那时的我，常常幻想着，如果我也有个血管里流着相同血液的哥哥，那多美。这样我就能得到他的纵容和娇宠。跟他上山采杨梅，因爬不上树我会在树下放声大哭，弄得他手足无措，拼命地哄我，说尽好话。他去田里抓泥鳅，我负责提竹篓，跟在他的屁股后边，一不小心把他辛辛苦苦抓来的泥鳅统统翻倒在了水田里，惹得他是握着拳头想打又舍不得打，只好拿一双大眼睛用力地瞪我，狠命地凶我，恨不得把我吃了才解心头之恨！

而每每在回家的路上，我就开始撒娇，一步也不走，假装累了，走不了了，依偎在他的背上，要一身泥巴的他背我回家，直累得他气喘吁吁，叫苦不迭！要是有哪个不知天高地厚的傻小子敢欺负我，我就满世界疯狂地找他去为我"报仇雪恨"，因为我十分地信任他的勇敢和无畏，相信他是天下无敌的英雄！

当他长大了，跟女朋友在一起的时候，我就寸步不离地跟着他们，做一个亮亮的电灯泡，跟得他们是敢怒不敢言，想赶我又不好意思赶。有时他们好不容易躲开阴魂不散的我，当我的哥哥有什么非分之想时，我会突然从某个角落里窜出来，开怀大笑着看他抓耳挠腮的狼狈相……

散落在时光深处的民歌

民歌，特别是闽北民歌，描绘的生活让我动容，它像一枚挂在深秋树上的果子，让人用饱含泪水的目光一遍遍地读过！

———题　记

我们的祖先在生产劳动和生活中，从心灵发出的声音就成了民谣。不管朝代如何更迭，不管历史走向何方，那些歌谣总会在有水井的山村唱响。这种原生态的歌谣是历史为我们留下的印迹。它们如同血液，早已渗进人们的生命里，与生命和生活一起奔流千年万年。如今浮躁的生活隔断了祖先的吟唱和后辈的聆听，时过境迁，那些民歌早已散落到时光的深处去了。

从前，在乡村，民歌像春天旷野里的花朵，成片密布，摇曳生姿。阡陌之上，大自然苍老的声音和着人类村野气十足的声音，在一首首民歌里传唱。这些描写人们快乐或疾苦的歌在炊烟袅袅的村子被唱响，一代一代口口相传。那些纯朴的歌用极富特色的韵味，唱出劳动、生活的苦与乐。山民们用歌声抒发内心的渴望、抗争，他们把人间俗事、家长里短、心中的快乐与不满都用歌的形式来讲述或表达。于是，民歌成为日常生活不可缺少的一部分，像空气似的飘在村庄的上空。

闽北民歌朗朗上口，易学，如"……今年扛一个花轿女，明年生一个状元郎"。歌中充满喜悦和憧憬，听后让人不得不怦然心动。还有一些充满童趣的摇篮曲，如"舂米舂谷头，做糍做粿韧柔柔，爹要吃，娘要留，留个米缸头，老鼠拖去做床头……"这是唱给小儿女听的歌谣，轻语低吟、轻柔舒缓，只要母亲开口一唱，再不安分的孩童也能安静下来，多好的民谣啊！

而更多的歌谣却让人感到唏嘘不已，因为从这些先民的歌唱中我们感知到了当时生存的不易与艰辛。特别是一些有关那个时代的女子的歌谣，更是让人柔肠寸断。生活在社会最底层的妇女，她们受的苦最多，最需要用歌来发泄，所以这类的歌谣也最多。

《金橘子》就是其中最典型的一首，它是这样唱的："金橘嘞，金坠坠，做人媳妇，做得难，走锅前，火钳扫，走锅后，掸把兜。走饭桌，臭抽饭。走后阁，臭抽茶。大啊大啊，我不说。你不知，我若说，你肉痛，蹄髈公鸡，是你吃，掌头巴掌是我当。"这首民歌，说白了，它就是乡村女子最朴素真实的生活写照，生活的琐碎与艰辛，做小媳妇的难处和在婆家所受的种种非人待遇，一切的不平等都从字里行间显现出来。

当所有的苦都堆积在女子心中时，女子最好的发泄办法就是用歌的形式唱出来。于是就有了《金橘子》这样凄婉的叙述。在这些凄婉的叙述中，古代社会底层妇女生活的画面在我们的面前生动地展现出来。如今，尽管女子的歌声已在远古的风里袅袅飘散，包括所受的那些苦已成为遥远的过去。但是透过那些文字，我们还是可以看到一个个忍辱负重地生活的弱女子的坚韧与顽强，感觉到她们生存环境的艰难。

唱着这些歌谣，我甚至觉得这是我们闽北的"诗经"。这首民歌是可以与杜牧的《清明》媲美的，它有人物，有对话，有场景，是个有血有肉、触手可及的完整故事，充分显示了民歌的语言魅力。说的虽是家庭琐事，却韵味悠长、古色古香。更让人欣赏的是，歌中女子在父母面前不拐弯抹角，直截了当地把在婆家所有的苦难，统统像倒豆子似的倒了出来。这性格，就是我们闽北女儿的性格，率真、坦荡、不做作。

难能可贵的是，《金橘子》这首民歌，既有巴尔扎克的喜剧的色彩，又带着雨果的悲剧的成分。悲喜交加，一种辛酸，几多无奈，这就是生活，这就是那个时代女子生活的真实写照。所以这首民歌，尽管穿越千年风雨，依然是民歌中最美的风景。

每每听到《金橘子》这首歌从豁了牙的老太太口中唱出，总感觉有伤痛滑过指尖，眼里立即布满深深的忧伤。

<h1 style="text-align:center">二</h1>

在闽北，如果想把一首民歌转换成现在的语言，是有一定难度的。就说《金橘子》吧！曾经有人在某乡志上是这样译的："金橘子，金带带，做人新肥（媳妇）做得难，走锅前，火铲钳，走锅后，掸把兜。走饭桌，臭抽（变馊）饭。走后阁，臭抽茶。茶啊茶啊，我音哇（说）。你音知，我来哇，你肉及（痛），蹄髈鸡谷（公鸡）是你吃，拳头巴掌是我当。"

这样译最明显的错误就是把"大啊大啊"译成"茶啊茶啊"了，因为在建瓯语系中，大（大在我们这儿指爹）与茶两字是谐音，明明是女子回娘家向父亲诉说在婆家所受的苦，怎么有可能是向茶说这话呢？假设那女子真的苦到只能向茶树诉说，那也就是说她的苦无法倾诉，没人来听，不得不向一棵树诉说。就算是这样，那紧接着而来的蹄髈公鸡是你吃，拳头巴掌我来当，又怎么说？难道女子出阁时的那些彩礼，或逢年过节男方送的礼都是让这茶树吃了？茶树吃了人家那么多东西，女子指责它也是情有可原的。

我这么理解，可也有持反对意见的人，他是这样说的："小时候就听到过，那时会传唱的人还在。如'茶啊茶啊'并非唱成'大啊大啊'。"有兴趣，不妨问问一些会传唱的老奶奶再说吧。若想当然，那女子回娘家，有啥委屈应该对娘说更有道理了，那是不是要改成"娘啊娘"呢？其实确实有人唱"娘啊娘"的。不过这样唱的人比较少，人们更爱唱"大啊大"，大约是觉得只有爹才能给女儿出头吧！

我知道，《金橘子》中的女子不是《诗经》里环佩叮当、长袖善舞的女子，也不是"关关雎鸠，在河之洲"中的窈窕淑女，她是一位布衣裙钗、素面朝天的普通女子，她的喜与痛、怜与悲全表现在她的语言中。

那句"大啊大啊"在这首民歌中有着承上启下的作用。上阕边哭边诉说，是一出悲剧；下阕转为指责，指责她的父母，带有明显的喜剧色彩。女子悲苦到了极点，对着自己的父母就这样直直地说出了心中的委屈。

我很欣赏这样的女子，人生百味，酸辣苦甜，面对不幸，敢于控诉与抗争的女子，是生活的强者。而《金橘子》说的就是这样的女子。

《金橘子》是最令我心动与心痛的歌，离爱那么远，离亲情那么远，仿佛在梦里，在生活深处氤氲着一种若有若无的伤感，让我们感觉，让我们遐想，让我们听了还想听，但那悲苦境界却是灵魂也不可能轻易到达的地方……

四脚拐杖

有个谜语："小时四只脚，长大两只脚，老来三只脚。"原来谜语中的那第三只脚就是拐杖。

通过到医院医治和在家吃药调理后，父亲正在慢慢走向健康，如今不仅能用左手吃饭了，还能自己坐在马桶上大小便了。更让人欣喜的是他能扶着凳子从房间里"走"到厨房，还能时不时地到大厅里坐坐。父亲的身体一天天好转，我们很是高兴。

同村的一位老太太看到父亲用凳子走路，要把她母亲用过的一根龙头拐杖送给父亲。我们谢绝了她的好意，因为这种拐杖不适合走路还不稳的父亲，怕他摔倒。中风后逐渐好转起来的父亲已经摔倒过一次了，为这他已第二次到建阳二院去住了九天院。

弟弟说有种四个脚的拐杖，不知哪里有卖，那拐杖比较稳。听弟弟这么一说，我想到了网上购物，在网上没有买不到的东西，于是周一到校就让同事文惠帮忙网购了一个。

到了星期天下午，我从家里回到学校不久，振英也从建阳来了。她在楼下大叫："陈老师，你的拐杖来了。文惠到福州去学习了，让我带过来的。"

下了楼，当我得知，从她家到车站，再到学校这么一大段路都是她女儿辛子月一个人将这拐杖驮来时，感动之余马上表扬："真乖，小小的漂亮女孩！能拿着这么一大根拐杖走这么远的路，好有勇气。"

拆开包裹，和我一起组装拐杖的振英对站在一旁看的女儿辛子月说："你看！这是陈老师买给她爸爸用的，陈老师的爸爸生病了，她要去照顾他，给他买好吃的……"

真是一位好母亲、好老师，总是能抓住教育孩子的机会，把爱和孝的种子播在孩子幼小的心里。

组装完后，我试着走了几步，果真是根很不错的不锈钢拐杖，花了三十元，物有所值。但愿这根拐杖，能给父亲的行走带来方便，给他的生命带来活力。

天狗吃月亮

记得小时候有一年中秋，我坐在院子里听大人讲嫦娥、桂树、吴刚的故事。突然，不知是谁喊起来："不好了，不好了！快快！二叔公，快去把锣和鼓拿出来！天狗开始吃月亮了！"

这叫声立时引起了一阵骚动："快快！把家中的破盆呀，铁桶呀都拿出来！使劲地敲！"

于是，脚步声、惊叫声、说话声，一波波地在小村子里传过来，又传过去。连狗也在这时一声比一声高地叫着，直叫得人心惶惶的。

杂乱无章的锣声、鼓声、破铁桶声、破盆声就叮叮咚咚地响了起来！这时，看月亮的孩子也不看月亮了，高高兴兴地在村子里跑来跑去，到处都是孩子们划破黑暗的打闹声。

天上刚才还像一块烤得金黄的月饼似的月儿，此时，正被一双无形的手抓住，往一张张着的大嘴里送去，只见那嘴轻轻地将月儿咬一小口。接着月亮被那嘴越吃越小，剩下一半、一小半，一条亮亮的弧线，紧接着连那一丝亮亮的线也看不见了。这让看月亮的人觉得心都空了。

好在天狗好像听到凡间的吵闹声，所以，急急忙忙地要把月亮一下子吞下去似的。刚才还是那样恬静可爱、美丽温柔，把一地银光泼洒的月亮瞬间不见了，天空中什么也没有了，只留下一片漆黑……在一片黑暗里，几分轻柔的凉意，笼罩着宁静的乡村，夜显得格外清冷起来。

黑暗中，村民依旧不停在敲着手中的东西，嘴里你一言我一语地喊着："天狗吃月亮了，天狗吃月亮了！月亮落难了，大家拼命敲呀！"

无数的眼睛，巴巴地望着天空，暗下去好一会儿的月亮也许真的听到了凡间这些善良的人们的呼喊，慢慢地从天狗的肚子里爬了出来。

"出来了！出来了！天狗害怕了，终于把月亮拉出来了！"随着一阵欢呼，有个刚喘过一口气来的老太太感叹地说："破锣破鼓好救月啊！要是让天狗吃了，就再也没月亮了！"

多有趣的风俗，多淳朴的民风！如今回想起来还依旧是那样的温馨、亲切、有趣！

我的农民父亲

这个秋天父亲的突然中风，让我们手脚无措起来。身无分文的父亲和不争气的我们真的没办法让父亲一直在医院里住下去。虽然有农村医保，但住院的开销还是很大。在脱离了生命危险，病情稳定后父亲就出院了。

一辈子粗茶淡饭、没有停止过劳作的父亲，就这样被困在了病床上。每天只能从房间敞开的门望外面的那片田野，田野的尽头是一座山。

向晚的风，吹过渐黄的草木，吹过门前成片的金色稻田。消瘦的父亲吃力地坐在床头上有气无力地说他发病的经过："那天中午躺在竹椅上睡觉，突然地跳起来，不知咋的，就倒在了地上。爬起来后，也没觉得哪里不对劲，就去西坑垅，挖了三畦地，拔了一挑生姜，回来后还采了一篮鱼草，第二天早上早早起来准备去卖姜，就再次跌倒了。"

从来没看过病的父亲，被送到医院时，血压、血糖都已到最高——脑梗。我们无法相信这是真的。带病的父亲天天都在劳作，种各种可卖的菜，如生姜、葱、薯等，且种得极好。我们为不知道他的病情而感到深深的愧疚。

让农人丢下地里新种下的农作物，也许比让他生病还难过吧！病床上的父亲，心里总惦记着地里还没卖掉的几百斤生姜，并不时地询问第二茬玉米长势如何。

秋一来，金黄的稻谷、含笑的野菊、红灯笼似的柿子、摇着铃铛的榛子、回南方越冬的候鸟都意趣盎然地显示着自然本色。朝烟暮霭中的农家小院，也铺满了收获的喜悦和感动。只有我的老父亲病倒在床，连吃饭上厕所都要靠别人帮助，这境遇真是让人心疼。总担心着高龄的父亲会在哪一天突然不辞而别，离我们而去，想到这儿我心里酸酸的。其实，人也像地里的草木庄稼一样，会一茬一茬地苍老，生老病死这也是人生的一种常态！

起风了，微凉的秋意中，一些飘飞的落叶，落到家里的天井或窗台上。每一片落叶，都是一截儿过去的时光。七十八岁的父亲，脸上布满了岁月的年轮。但愿一些温馨的画面，能轻巧地坠入他的梦里，好让他在病痛中，围着往事取暖。

秋天是个富有诗意的季节，它收获耕耘，也孕育着希望。看着父亲一天比一天地好起来，我们紧揪着的心慢慢地放松了。

多么希望在不久的将来，父亲能迈过那道坎，和那些精神矍铄的老农一样，清清爽爽、快快乐乐地生活、劳作、聊天、打牌，过那种他过惯了的、自由自在的惬意日子。

愿秋天的甜蜜与芳香能润泽父亲贫穷劳苦的心，让他饱受风霜的面庞，再次绽开菊花般的笑容。

站在秋天的最高处

　　深秋的山林淡泊而寂静，蓄着凉意与落寞。其实时这已是初冬了，而在南方的我，还是喜欢把它叫作深秋。树上的一些叶子耐不住季节的召唤，纷纷落下，淡定而优雅，宛若某个旖旎之梦的出口，静谧馨香。岁月的年轮，碾碎了曾经的青翠与华丽，像一幅历尽沧桑的水墨画，把一幅秋天的画，铺陈开来。

　　寂寂森林中，我看到了生命的盎然与失落。或许所有的生命都是在这样不断凋谢与受伤中成长的。这些山野的树木，是不是也领会了"苦难如果不能省略，那么我们只能沉着面对"这句话的精髓？

　　山路边有一棵桂树，浮动着暗香，就像杨万里说的："不是人间种，移从月中来。广寒香一点，吹得满山开。"光影里，曾经的过往，如一树的桂花，平淡而细碎地绽放。寂寞的秋水，携野果野花的香气直抵肺腑，心结被打开。于是，自己醉了，淡淡的醉意，有些朦胧，有些虚幻。小潭边一丛芦苇，举起几朵洁白，衬托着远山的秀美和天空的蔚蓝。潺潺流水之声，让寂静的山谷凭空多了几分热闹，梦里依稀听过，细致、婉约，似那丝竹之乐。

　　桂花的灿烂金黄与菊花的袅娜清新，仿佛秋天的一份简单心事，浅浅地随着层层石阶忧伤地跌宕。这些在古诗词里镀着金黄色彩的花朵，紫陌红尘中与我相逢，是缘？是份？似有着说不清道不明的亲切。

　　日暮乡关，夕阳已开始没入远山的背后，天空也变成暗红色。山风吹来，吹起一地落叶，吹起一些往事，吹起眉间淡淡的轻愁，吹起嘴角浅浅的笑意，心沦陷在若有若无的思绪中。尘世多舛，人心叵测，或许，此生注定要有许多的凄苦与伤痛。这是与生俱来的祸，是躲不过的劫，生命就是要在这不断的受伤与复原中成长，就像眼前的花朵，要历尽世间的凄风苦雨，才可开出"宁可抱香枝头老，不随黄叶舞秋风"般没有功利，也没有奢求的高风亮节来。

生活其实并不总是凄苦和无奈。猛然间，记起外婆亲手做的香糯而温馨的桂花糕还有外婆那张善良而朴素的脸，这是童年时微薄的幸福。不免想起母亲那张沧桑过后、如野菊花般对着我微笑的脸，想起她悄悄地塞给我一张从寺院里向师父讨来的泛黄的纸片，上面写着寒山子问："世间有人谤我、欺我、辱我、笑我、轻我、贱我，如何处之乎？"拾得笑曰："只要忍他、让他、避他、由他、耐他、敬他，不要理他，再过几年，你且看他。"

喜欢在文字上寻找依靠、寻找温暖的我，将所有的渴望都藏匿在花朵的最深处，静谧、安然、微笑或哭泣。风起的日子，指尖开出的花朵，微凉，似乎还溢着清苦，这份凉苦正可以用来抚慰伤口。

凌空而过的小鸟，一阵叽叽喳喳，打破这宁静的斑斓。远山若梦，闪烁出人间烟火。七彩的希望，隐约的记忆，一些渐行渐远的情愫，缓缓地在指上行走，带着悲喜，站在秋天的最高处！

乡村教师傅广培

读小学时，学校在黄家祠堂。祠堂很大，大厅很宽，学生每天排路队或雨天上体育课都在这里进行。大厅两边是教室，一个村（那时叫大队）的孩子都在这儿读书。那时学生不多，老师也不多，老师大约有两三个，傅广培老师是其中的一个。他在这村子教了好多年书，几乎教遍了全村的大人、小孩。

刚入学时，傅老师教我体育。学校旁边的空坪上，学生围成一个大圆圈，老师蹲在中间一起玩传球游戏。一个球丢过来，从没接过球的我忙着接，只感到手心发麻、发痛，但不敢说话。

那时，每天中午和傍晚放学排路队，勤劳的傅老师都要不厌其烦地说上一大堆有关安全和纪律的话。

我常想，现在被提得轰轰烈烈的校园安全问题，真正的鼻祖应该算是傅老师。他在所有人还没意识到安全责任重于天时就先知先觉、亲力亲为了。

记得上学第一天我就差点闹出个笑话。放学时，傅老师说远路的同学要带饭来，不要中午跑回家，不安全。我只听说"一定要带饭来"这半句，根本不知道我这么近的完全不用带。第二天早上吃过饭，我吵着要母亲给我装饭，说是要带到学校去，在父母的一再解释下才半信半疑地去上学。

在饥饿的年代，乡下孩子春天摘竹笋，夏天采杨梅、蘑菇，冬天捡米珠（一种外形像锥栗的小山果），哪样东西可以吃就奔哪样去。所以一到这些东西成熟时，学校就没人上课了，空空的校园寂静无声，门可罗雀。

肚皮都填不饱的岁月，谁会重视学习？面对吃饭和知识这两个选择，淳朴的乡人总是选择先填饱肚子再说，谁还在乎学文化。傅老师可不这样想，他看到学生不上课天天到山上去可心痛了。

在倦鸟归巢时，成群结队的孩子从各个山头下来。那天，我背着一袋大约有五六斤的米珠，这是我一天的劳动成果，米珠拿回家，母亲会把它磨成浆做成粿当粮食吃。走到上邱，就听别人说，不能去了，傅老师在矮桥那里拦人。

被老师拦下会怎样呢？我们不知道，只是害怕，就停在那儿不敢往前走了。此时，夜幕四垂，天快黑了。寒风一阵阵地从山谷吹过来，吹得我们皲裂的小手和脸蛋辣辣地疼。一天下来中午只吃了一个饭团的肚子早饿得咕咕地乱叫了，没办法只有解开袋子吃生米珠。天又冷，肚子又饿，到家还有三四里路，我急得直想哭。正在无计可施时，有人过来对我说："你爸来接你了。"

我虽然没问，但知道父亲一定是听说老师在那儿，才来接我们的。当我们随着父亲走过老师身边时，老师只是用轻得几乎连他自己也听不见的声音说："明天上课去！"大约他也明白，他这样做是徒劳的，是不会有人买账的。说完就用很痛心的目光，看着灰溜溜的我们大气也不敢出地从他身边鱼贯而过。在那时谁会听他的话呢？吃要紧啊！第二天天一亮我们照样大摇大摆地上山去，他的话连耳边风都不如。

走过他的身边，我们都长长地舒了口气，几个同伴忍不住笑了出来。回望，寒风中老师一个人站在那里，像一只孤单而寂寞地站在沙洲边的落寞鹭鸶。潺潺流水旁，矮桥边的暮色里，落光叶子的乌桕树一动不动。老师站在那儿是那样的落寞和无奈。

一次，埂头有一群孩子逃学，傅老师急着去赶，因为他脚有问题，本来就赶不上学生，哪想在破廊桥上，一不小心，脚踩进破洞里去了。他在那儿手脚并用地挣扎，却怎么也起不来。可他那份狼狈相并没有感动学生，相反学生们像胜利者似的站在桥头哈哈大笑，笑完后一溜烟儿地四散跑开。

一晃好多年过去了，如今退休在家的傅老师，您还记得站在寒风中求我们去上学的情景吗？你跌进破桥洞的那只脚，还痛吗？

　　也许这些事您老早已忘到九霄云外去了，可您为我们所付出的一切，您的苦心，我们都记得，乡村也记得。

有艾的日子

初识艾，并不知这是在《诗经》中生长了几千年的植物。在乡间，艾是最普通、最平常不过的植物。一到春天，田间地头就会齐刷刷地冒出绿茸茸的艾草，到处都是，多得让人想不认识它都难。

这种在旷野里疯长的野草，却与乡村生活息息相关，水乳交融，不知道这世上还有哪种草能有如此殊荣。一到农历五月，睁开眼就会发现，家家户户大门、小门都挂满艾和菖蒲，整个村庄陷入艾的重重包围之中。这些平时长在地里的草，在一个古老的节日里竟摇身一变，成了招福斩邪的勇士。端午节后，原本青青的艾草已被风干，母亲把它收藏起来，成为看家宝贝，以备日后谁有个头疼脑热时用。

艾草并不单单是用来挂在门上的，端午这天早上，还要燃烧早就准备好的干艾草。这天一大早起来，母亲会把一大捆干艾点燃。然后手举着亮着火光、冒着滚滚浓烟的艾把儿，把每间屋子熏一遍，最后艾把被放在大门口的正当中的地上继续燃烧。一时间村子像狼烟四起的烽火台，那些疾病、蚊虫统统被赶跑，端午也就在这奇特的仪式中充满了神秘。

小时候好像从来都不洗澡似的，过节这天，大人们忙得不可开交。我们躲在一棵开着火红花朵的石榴树下，边咬手中的粽子，边比谁的小手腕和脸上的垢更多，好像是谁多谁就体面似的，其实是因为大伙都知道这天有一场盛大的沐浴在等着我们。

在我们玩得忘乎所以的时候，各自的母亲就开始大呼小叫地把我们唤回，然后把我们按在漂浮着一片片艾叶、一朵朵金银花的澡盆中清洗。母亲说，端午洗了艾草澡，一年到头，没有蚊虫咬……

那情形如今回想起来还真有点像欧阳修写的："五月榴花妖艳烘。绿杨带雨垂垂重。五色新丝缠角粽。金盘送。生绡画扇盘双凤。正是浴兰时节动……"或者像伟大爱国诗人屈原诗中写的"浴兰汤兮沐芳华"。

　　我自小多灾多难，得了病，母亲就把生鸡蛋的一头弄个小洞洞，插上一两枝艾梗，放入饭甑蒸，熟后拿来剥开给我吃，那种蛋的味道很特别。长大后，月事不调，肚子痛得不行时，母亲麻利地找来端午挂过的艾，将叶拔下来，洗净放入锅中，熬成浓汤，打上两枚鸡蛋，加入红糖。当我把一大碗热气腾腾氤氲着苦苦艾香的艾草煮蛋吃下后，也真神奇，肚子就不痛了。

　　如今年事已高的母亲，还像从前一样采艾挂艾，对我的呵护依然如儿时一般。我离开家在另一个村庄上课，快过节时，母亲一定会特地送来艾和菖蒲，用她那双粗糙的手，把它们挂在我居住的门上，并嘱咐我，如果以后她走不动了，我一定要记住把艾挂上，家里挂着艾，心中就有爱。朴素无华没一点文化的母亲，就这样把一种乡间的美好一年又一年地延续着。

　　守一颗淡泊之心，拥一份淡然之美。我知道，母亲，在您给我艾的日子里，这爱会随暖暖的香气，浸入灵魂，抚慰忧伤。

穷人的葬礼

几天前参加了一个葬礼，回来后总觉得有些话想说一说，不说心里就感到不痛快。死者是一位身无分文的老人，活着时很是艰苦，常常忍饥挨饿，后来得了胃穿孔，没钱医治，只能在家中一天天地坐着等死。

老人活着时穷，所以葬礼也一切从简，但有些事是未能免俗的。老人的养子还是花几百元为他请来了洋鼓乐队，热热闹闹地把生前默默无闻的老人送上山了。葬礼上，连绵不断的春雨中，那些欢快的鼓乐，听起来真是让人感到别有一番滋味在心头。为了答谢前来吊唁的亲朋和帮忙的友人，老人的养子也办了几桌酒席。这一切都让参加葬礼的人感到满意。

中午，欢喜宴吃到一半，鼓乐队又吹起来了，邻桌有位老者说："你们这些做晚辈的，快去点歌，唱给他听。"在我们这一代，近些年流行起葬礼上亲戚朋友为死者点歌的环节来，唱的都是一些流行歌曲。而且越多人点歌越说明这人死得其所，至少我是这样认为的。有钱的人家还要请三四个鼓乐队，并让这些乐队在葬礼上载歌载舞。

邻桌老者的话刚说完，死者的侄女婿，马上起身去点歌，且出手很大方，一下就点了十首。看到这场景我忍不住说道："有这钱，他活着时给他吃点多好。人死了还会听歌？"有位表妹深有同感，就附和着我说："是啊，人都死了还高兴什么？奇怪！"一时间人人都在看我们，像看怪物似的。点歌的人的脸也马上沉了下来。

在座的谁都知道死者是个没有亲儿子的可怜老头儿。仅一个养子，养子长大后娶了媳妇、生了小孩，然后，就带着媳妇、儿子在城里打工。丢下老人在家中，平时老人是靠替人锄锄山挣点零钱来过日子。一个七十多岁风烛残年的人，一年能挣到多少钱呢？就是他天天愿意帮人做事，在农村也不一定能有事可做。送葬归来的途中，听我表姐说，村子里的人告诉她，老人常常是一天只吃一个馒头或两块光饼过日子的。

老人活着时，曾跟我说过，没事可做时经常会到城里侄女的店里去。我知道老人的晚辈中就这个侄女最有出息，能在城里开店。但是他说侄女结婚快三十年了，从来没有叫他吃过一餐家常便饭。只有一次侄女家中办喜酒时他送了一份贺礼，才得以坐在桌上饱餐一顿。

人情的淡薄和世态的炎凉，在这个春暖花开的日子里也让人感到有阵阵的寒风扑面而来。偏偏是这样一个连一碗白米饭也不舍得让老人吃的人，在老人死后竟舍得一下子点十首歌来给老人听，真正是有点儿不可思议！

荷　花

一

　　一直以来，我对荷花总是情有独钟，总有一种无端的偏爱，不知是因为荷出淤泥而不染的高洁，还是因为荷花实在是美不胜收的缘故，或者说只是为了某种说不清道不明的心情。

　　所以每到夏天，从小荷才露尖尖角开始，心里就期盼路边那一大片荷花能早日开出清新脱俗的花朵来。当那火热的阳光洒在广袤原野上时，荷花就真正地、自由自在地开了。那红红的、白白的花儿，全都托着一个金光灿烂的夜光杯，不！那不是夜光杯，那是一个个小小的太阳！看得人的心里暖洋洋的。

　　一个人的夏日，为了记住那些荷，记住那些美，总是在清晨一遍遍地往荷花盛开的地方去。然后坐在高高的田埂上，听风轻轻吹过，看花朵摇曳生姿。这情形犹如一曲抵达心灵的乐曲，似一个温柔的浅笑，像一段飘洒的《荷塘月色》里的文字……

　　在静静的群山脚下，就这样静静地听下去，听下去，直听得内心一片清凉，听得这浮躁的夏天柔软如胜雪的春花，听得这炎热的夏季像如水的秋夜，这时人便觉得慵懒，仿若叠袖而眠。

　　太阳从对面山上慢慢地探出红红的脸，叶子上、花朵上开始流光溢彩起来。这时，会看到一种漂亮的蝶，或一只红色的蜻蜓从远处飞来，停在花或叶上，楚楚动人。花开真是一件很艺术的事！

　　于是，心里便萌生一种冲动，想把这些亭亭玉立、娇媚无比的花写下来或画下来，让淡淡的香、静静的美日日夜夜陪伴我。只是，我却不知要怎样落笔，那些画荷写荷的高手在哪里呢？

二

因为爱荷，总想写篇有关荷的好文章，可我苦思冥想、绞尽脑汁，终不得要领，于是不知怎么的竟然想起了古往今来许多勤奋好学，颇有建树之人，他们或多或少都有一些有关喝墨水的故事流传于世，也许正因为他们肚子里有那么多有意无意喝下去的墨水，所以无论是做学问还是写文章都堪称锦绣！

我呢？写不好我的文章，大概是心中没有荷花吧？

尽管每天眼巴巴望着门前那延绵十几里的荷花，可要把文章写好总感到力不从心。这时心里就产生了一个奇怪又有点可笑的念头来，何不也学学古人，东施效颦一回！吃几朵荷花下肚，说不定马上就能口吐莲花、字字珠玑，文章也许立马就光彩夺目起来。

记得小时候上山采蘑菇之类，每当肚子饿得咕咕乱叫时，也和伙伴们到山脚下偷扒过人家地里的地瓜，或是树上的果实，可盗花大盗却从来没有当过，再说我只吃过木槿花、映山红和萱草花。荷花却从来没尝过，也没听说谁吃过这种冰清玉洁的花儿，到底能不能吃、好不好吃？这些对我来说都是一个谜，能不能去偷、敢不敢偷更是个谜！

好像在哪篇文章里看过，一个姑娘说她只要看到美丽的花儿就会忍不住想吃，就要吃。也不知那位姑娘究竟有没有吃过荷花，反正我是对荷花产生非分之想了！

决心已定，在心里先把自己武装了一回又一回，怕什么怕，有什么可怕的，不就偷几朵荷花吗？孔乙己说读书人窃书不算偷，爱花人偷花应该也不算偷吧？

我还为自己准备好了"作案工具"——一个黑色塑料袋，这样偷花回来时就不会被人发现，同时还踩好了作案的地点，打算趁清晨或是黄昏人少的时候溜去摘几朵，然后美食一顿。

可是，吃花，花痴。这两个词就像故事和事故一样，翻一下就完全不一样了！吃花会不会被人说成花痴呀？

想到这儿心里不免毛毛的！

就这样有点心惊肉跳，又有点美滋滋地想了几天，终究是有贼心没贼胆，不能把那伟大的理想付诸实际行动。

看来那篇有关荷的文章也就没办法写好了！

让希望疯长

洒满阳光的六月，盛开快乐的六月，唱着欢快歌谣、充满欢笑的六月。孩子们，难忘的六月里，该送些什么礼物给你们呢？玩具？首饰？学习用品？这些似乎都不缺少，你们需要什么呢？你们最需要的就是尽情地玩，是吧？

都说爱玩是孩子的天性，李大钊先生教育他的子女时曾说过："学就学个踏实，玩就玩个痛快！"让孩子尽情地玩，是最好的教育，最成功的教育。孩子在玩的过程中锻炼了身体、开发了智力，也认识了世界。可是，现在孩子所有玩的时间都被无情地剥夺了。他们除了作业，就是各种各样的课外辅导班。这班那班，在家长支持、教师乐意的情况下，可怜的孩子背负着父母强加在他们身上的远大抱负，在本该好好玩玩的年龄里浸泡在书山题海之中，做着书本的奴隶。那些所谓的理想与目标，完全是一种膨胀得不可理喻的心理在作怪，这不是爱，说白了，是对童真的摧残。孩子小小年纪就背负着太多的功利，能快乐得起来吗？

现在孩子的生存环境也让人担忧。城里孩子过的是锦衣玉食应有尽有的生活，可是被关在笼子一样的房子里，见不得阳光，见不得风雨，是个五谷不分的书呆子；农村孩子，早已把父辈们吃苦耐劳的优良传统丢到九霄云外去了，又不能像城里孩子样，做个"三更灯火五更鸡，正是男儿读书时"的书虫，学一些真正的知识。他们在学校，心不甘情不愿地上课，回到家里完成任务般糊里糊涂写完作业，然后就是整天与电视为伴。

现在的孩子，几乎从来没有感受到过校外生活的缤纷、课本之外的精彩，更感受不到生存的艰辛。为此，人生的道路上只要遇到一点点挫折或失败，就像大难临头、天塌下来般不知所措。

孩子们在小小的生存空间里，做自己喜欢的事，想自己喜欢的问题，构自己喜欢的蓝图，体验学习的快乐和坦然吧。多读书勤读书，不要"为分数决定命运"而挣扎，那只是镜中月、水中花。

孩子们请自如地面对现实，面对世界。去感受自然的神奇、人间的冷暖；去欣赏蓝天白云的悠长、小桥流水的欢唱、雪山草地的宽广；去体验学习的乐趣、自然山川的美妙、生命赋予的烂漫。

让大地收获无邪纯真的六月，让希望疯长。

清明是一棵树

清明，也许和蒙蒙细雨有关，也许和凄苦思念有关。但在我眼里它更像是一棵树，一棵长在华夏大地的枝繁叶茂、秀颀挺拔的大树。大树深埋于泥土的庞大根系，是我们已故的勤劳善良的祖先，子孙们就像被根繁衍出的枝丫，我们就这样像树一样，无穷无尽地繁茂着、传承着。

盘根错节的根是一只只手掌，它们张开手指，伸向未来的方向。风尘千年，烟雨万载，根不辞劳苦，沿一条看不见的、弯弯曲曲的、艰难曲折的道路，守候着民族文明与希望！为我们创造了博大精深五千年灿烂文明的祖先，他们在地底下，默默守候着一代又一代子孙，为我们输送着源源不断的营养。

这棵大树上的枝丫纵横交错成一张无边无际的网，网中央盘踞着驱赶不去的惆怅和对已故亲人的思念。青青苍苍、生机勃勃，阳光下鸟在歌唱着花朵的芬芳。片片绿叶浸透了时光，将历史的天空浸染得碧绿碧绿的。树杈上是一群生龙活虎的炎黄子孙，正把中华民族的宏伟蓝图，建造得日新月异、光彩灿烂。

清明，这是生与死的约会，是天上人间的相聚。这是古人给我们的庄严的尽孝仪式。清明节不只是为了让活着的人祭奠逝去的人，更是为了让子孙后代在缅怀中记住大树的根在哪里，故乡在哪里，无论走到海角天涯，也要情系乡土，永不忘本。

所以，清明来了，树的儿女们也从四面八方来了，他们把一腔思念的泪化作清明时节的纷纷细雨，任那份思念的苍凉，一年又一年地传承。树的儿女们，肩上扛着锄头，手上提着供品，拿着纸钱，在拔去野草的荒冢上，洒下几杯冷酒，烧上几刀黄纸，告慰先人的同时，也盼望着他们在天之灵能保佑人世中的亲人一切平安。

清明是一棵树，树的一头连着祖先，一头连着我们。

点一盏善良的灯

妹妹在城里打工，租住在北门，星期天带孩子去她家，常常喜欢与几个孩子一路沿着车来人往的道路闲逛，看看城市风景，感受城市的热闹。

每每走到花园酒店附近，孩子们出于好奇，总是吵着要去里面玩玩，看看那个像童话世界里的城堡似的房子到底有什么新奇的东西藏着。不想坏了孩子们的兴致，再说我这个从来没到过大酒店的乡巴佬也想去见识见识，于是，在孩子们嘻嘻哈哈的簇拥下走进了酒店。

一进大门是个宽敞明亮的大厅，大厅里摆着很多让客人坐的椅子。我随便选一把坐下，看那些南来北往忙忙碌碌的客人楼上楼下地走着，这些人一个个风尘仆仆、行色匆匆，不知他们来自何方，也不知他们明天又要走向哪里。来到一个新奇的地方，孩子们高兴得蹦蹦跳跳的，很快他们就被右边楼梯下的假山和喷泉吸引住了。这可是孩子们最喜欢的地方，他们叽叽喳喳地围在那儿，好不热闹。

孩子就是孩子，玩够了、看够了问题又来了。特别是我的小涛，总是好奇不断，他从假山那边跑过来很是郑重地问："姑姑，这么大、这么漂亮的酒店到底要多少钱才能盖起来啊？"

孩子的话把我问蒙了，因为我真的不知道这么富丽堂皇的酒店到底要多少钱才能盖起来。但看着那几双渴望了解世界的眼睛，我随便说了一个数字，"一千万吧"，这话连我自己心里也没底，所以说起来是那样的底气不足。可是我的这些孩子全是打破砂锅问到底的主儿，他们更来劲了："那一千万是多少呀？这房子是谁的？"我胡乱地说："大约是总经理的吧。"

孩子们一听拍着小手大叫："哇！他真有本事耶！"引得几个客人回过头来看他们。涛儿歪着头可爱地说："长大了我也要当总经理。"几个如花的小女孩也跟着起劲地叫着，听了孩子的豪言壮语，我高兴地拍拍他的头："有志气，孩子！不过光有当总经理的雄心壮志还不行，还得有……"为了孩子无邪的笑容，为了春天原野上美丽的花朵，在孩子纯真的心上点一盏善良的灯是多么的重要，我故意卖了个关子。见我不说话只看着他们笑，孩子急切地问："快说！快说！还得怎样？"

记得有一次路过酒店，听妹妹说："这花园酒店里的人可真好呢！发大水时许多人没房子住，就免费在这里住了好长一段时间。有一年，天一直下雨，山边的住户也因祸得福全搬到这儿来住了。"

听妹妹随意这么一夸，我心头一热，这句话叩响了我心灵的窗口，平日里居住在岁月一隅，看惯了生活中的尔虞我诈，一颗心早已淡得波澜不惊。这一刻，仿佛在琐碎的世俗里看到一脉清泉从嘈杂的眼前流过。

我们生活的世界有太多的功利，多少人为了一点点的蝇头小利不惜损人利己；又有多少人利用手中的权力尽力地捞着不属于自己的钱财。物欲横流的社会里，这个酒店的总经理能放下手头的生意给有困难的群众提供方便，这是多么难能可贵的品质啊！

当我把我所知道的故事说完后，孩子们的眼睛变得更加清澈明亮起来："是真的吗？"我点点头，这时几个孩子全都依偎在我的身上，你一言我一语地说着："我要好好读书，长大了也去做好事！""老师也教我们要做好人！"听着孩子小鸟一样动人的话语，我的心里一亮，心想我已成功地点亮了一盏盏灯。

我赞许地说："孩子们，人不能光为自己活，在别人有困难的时候也应伸出你的友爱之手，就像在黑夜点亮一盏善良的灯一样，让善良的光辉传递，让世界动容，让爱满人间。"

人生的道路上，有风吹雨打，也有坎坷崎岖，但只要心中有盏善良的灯，哪怕自身卑微如草芥，生活也会如花朵般美丽。心里点一盏善良的灯，无论何时何境都固守内心的纯净，如花的生命就会有最美的记忆。

把真爱留在人们的心底，滚滚红尘里，就能引领一颗颗无邪的心回归温馨的花园。

像花朵收集阳光一样

　　某天，到城里去看病，在医院里排队挂号，花了足足一上午的时间，等看完病出来时，本来就不怎样的身体，整个像散了架似的摇摇欲坠，极其疲惫。"不如就在这儿住一夜吧，明天早上去也来得及，最早去你那儿的那趟班车就停在我楼下。"妹妹这么说，正合我意，何必与自己过不去呢，在这儿住一夜还可以多陪陪可爱的孩子，说不定经过一个晚上的休息身体也好起来了呢！

　　第二天早上，快六点时我悄悄起了床，因为车在六点多一点点就要开走的。起床后看外面是黑漆漆的一片，拉开门一股扑面而来的寒冷把我包裹得紧紧的，天真是冷，但为了生活再冷也得走。

　　下楼时，刚走到楼梯的转角处，就听到楼上有开门的声音和一个人轻轻跑下楼来的脚步声。我以为是我的孩子追了下来，因为孩子来这儿读书时，第一个星期一的早晨，我起床后，看到孩子粉嘟嘟的小脸很是可爱，就轻轻地吻了一下还在梦中的他，谁知就这一下，孩子醒来了。带着蒙眬的睡意伸出一双小手紧紧地勾住了我的脖子，孩子的举动，弄得我后悔不迭，骂自己："真自私，为了吻一下孩子，这么早弄醒了他！本来孩子还可以再睡好一会儿的。"

　　有了第一次的经验，第二次离开孩子时，起床就特别小心，谁知在我洗完脸回过身时，竟看见他站在那儿，眼巴巴地望着我，一脸不舍，看到孩子可怜的样子，我心头一热，不由得笑了。我一笑，孩子就扑了过来把我的双脚抱住，不让走。这时的我只得蹲下来小声地哄他，好话说尽，他还是不让我走，我只好狠着心说："孩子，为了将来，你就得从小经受这一次次离别的考验。因为人生的道路上从来就没有草长莺飞、柳绿花红的传说在等着你。"我知道这些话这么小的孩子是听不懂的，他只是似懂非懂地望着我。最后我说你再不让我走，我就要被批评了，小家伙怕了才松开了手，但一定要送我下楼。下楼后等车开走了他才上楼，可以毫不夸张地说，是孩子的爱让我寂寞孤单的归程变得快乐起来。

这一次，又是这个小家伙吧？于是就不由自主地叫了声："宝宝？"回过头去，看到的却是一个陌生的男子从楼上轻快地跑下来，弄得我很是不好意思，男子笑笑说："早！到乡下赶墟去？"

我马上说："不是，是去上课！"

"哦，我平时很少在家，邻居们都不大认得。"他解释道。我也忙说："我是来这儿做客的。"

下得楼来，天啊，那辆天天都在这儿过夜的车不在这儿了，找不到了，怎么办呢？在这样的地方，这样的时候，连的士也找不到的，等公交车得等到六点四十，到那时，还怎么能来得及赶去上课呢？走路？更是万万赶不上那趟车的。我一筹莫展，急得像热锅上的蚂蚁团团转，嘴里还自言自语地念叨着："这怎么办，这怎么办？"这时，一同下楼的男子拉开了一辆停在一旁的黑色的小车的门问："是去水吉车站的吧？"我点点头。"上来吧！"我大喜过望，连连说："真是太好啦！太好啦！"

临街的店面很多都紧关着，一路上几乎看不到早起的人，快到时才看到一位老太太推着一辆满满的车子，艰难地在晨曦中走着，看样子是去摆摊子的。老人推车的那份沉重生活一直像这冬日早晨的浓雾一样穿透我的心房。

不一会儿车子就到了宋慈广场，朦胧中见宋大人披一身寒霜站在云雾里，看得不太真切，他脚下的广场空旷而沉寂，一些刚种下的树用它们纤弱的身子抵抗着眼前的严寒。车子缓缓沿着广场边开了一段后停下，司机侧过头问："是这儿吧？"我点点头说："谢谢了！"然后突然间想起，便问："你这是要到哪里去呢？"到这时我才记起来问人家，真是有点不好意思，只见他笑笑说："到麻沙！"水吉车站和麻沙整个是南辕北辙啊，看来这司机是特地送我一程的！这一刻，真的好感动！感动就像冬天弥漫的大雾般袭来。

后来妹妹在电话里说那司机住在她楼上，小车是专门用来出租的，那天是要到麻沙去接新娘子。

下得车来，四周静悄悄的，放眼望去，路边只有一位满脸沧桑的中年男子，孤零零地站在一大挑东西的旁边。见了我笑笑说："去水吉的？"我摇头，他自我介绍说赶早车去水吉卖菜种。仅一会儿工夫，就看到前面路上不少骑着摩托车或骑着自行车来卖菜的农人，三三两两地向着这座还没有醒来的城市急急赶来，他们的身后是满满的青菜。

又过了几分钟来坐车的人才渐渐多了起来，陆陆续续地来了几个同事，她们都是冲着这趟车来的。这个年代，差不多的单位都有自己的车子，单位有车的人不用来挤这样的车。这班车，也只有我们这些从事阳光下最崇高职业的人和平民百姓才坐。

水吉的车子走了，我坐的车还没来。终于车子来了，车是原来的那辆车，司机却不是原来的司机了，几个坐惯了那趟车的人，见了面就大叫着奇怪，今天这车怎么不从那儿走了呢？弄得我们差点要迟到了！说着满脸的委屈和不高兴，开车的说原先的司机嫌房东又提房价，房租太贵了，所以搬到自己的家里去住了，不开这辆车了。

曾经不知从什么时候开始感觉生命里总带有一些绝望、一些颓废。于是，常常躲在雨中哭泣，站在风里叹息。有时明明看到春天的原野上希望已开始萌芽，可接踵而至的绝望很快把它埋葬在冰冷的世界底层。

谁说"人不可一日无喜气"的？从今往后，我要努力忘却别人给予我的伤害和不愉快，记住别人给予我的好。我要小心地把尘世间一点一滴的好收集起来，像花朵收集阳光一样。阳光收集得多了，心中就会有一轮太阳，心中有了太阳，生活就会变得如杏花春雨般诗意盎然。

守住心底的那份阳光，守住一份温暖，心灵的茧被阳光之手一层层剥开，心变得柔软、舒适、温馨。如此，就是站在雨中、风中，站在冬天最深、最寒冷的地带里，也会让人倍觉温暖！

阅尽人生风景的茶

生活忙碌，很少有时间去细细品尝一壶清茶。

一个静静的黄昏，我独自站在楼台凝望遐想，一口一口地品着醉红岩茶，厘清一度困惑于心的积怨与纠缠，感受一份别样的宁静。

岁月沧桑，默默无语，乳白色的水气和灰白色的雾霾交融在一起，远方一轮落日有点辉煌，有点绚丽。想象的暖沿着春日的藤蔓到处攀爬，不经意间就爬到了季节的薄凉处，感觉有浅浅的心事淡去。

苍茫天际，一群不知名的鸟儿远远飞来，像一个动漫镜头，也像一幅水墨画，它们不时地变幻着队形，好几次竟然在空中写出一个个大大的"茶"字来，这不得不让人惊讶。是不是鸟儿看到了此时的我正站在楼头，捧着一杯醉红岩茶？

一群飞鸟和手中的一杯醉红岩茶，让这个平常的黄昏变得生动诗意起来。

当飞鸟飞出视线之外，留给我的只有手中的醉红岩茶，醉红岩是一种让人醉在红尘里的茶，也是一种能让人产生许多联想的茶。杯中的茶水像家酿红酒，也像"葡萄美酒夜光杯"里的美酒；它还像夕阳下被霞光染红的草木、山冈；像一位杏眼柳眉的江南女子，粉嫩的脸蛋儿泛着胭脂的红……红红的泛着迷人的光彩，这酡红的颜色，带着水的气质、叶的清香，有着无穷的魅力与诱惑，让人挡都挡不住。

渗透着人生百味的醉红岩，含一口在嘴里，茶香沁人心脾。徐徐吞下，有种历尽自然风雨洗礼的味道，它能冲走心中的疲惫和倦意。过后唇齿间留有涩涩的香，内心里就有了徘徊不去的灿烂。这灿烂开出的花儿，能让许多微澜的心事就此尘埃落定。

　　一杯茶能阅尽人间风景。我突然明白，喝茶，不论是在晨昏的风里，还是在月光下，都是一件美事，它能令人思绪飞扬。

田 婶

　　昨天逢墟，在熙熙攘攘的人群中，无意间遇到了田婶。自从外婆去世后多年不见她了，她明显老了，背驼了，特别是那只受了伤的眼睛，像是一颗直接挂在伤疤上的变质了的龙眼。见面后，田婶一直拉着我的手，要我去她家玩，说现在日子好过了，儿孙们都很孝顺。我答应她有空一定去，这才放了手离去。

　　望着田婶的背影消失在街道的尽头，我回想起第一次看见她的情形来。那是正月，我和母亲到外婆家中做客。天很冷，外面下着小雪，我坐在火盆边吃荸荠、嗑瓜子，听母亲和外婆说话。外头静静的，大约大伙儿也和我们一样都躲在家中烤着火。这时听到一个甜甜的声音在门外响起："大婶，我家里来了客，有蛋吗？先借我几个。"说话间房门被"吱呀"一声推开，一股冷风直往我们吹来，随着冷风而来的是一个个子不高的女子。我抬头一看，吓得大叫一声："妈呀！"然后就像只鸵鸟一样一头扑在母亲的怀里，连动也不敢动一下了。

　　接着听到女人尴尬地笑着说："看把孩子吓着了。"母亲忙说："没什么，没什么。小孩子少见多怪，别理她。"躲在母亲怀里的我一直在发抖，因为刚才看到的是一张很怕人的脸。那脸的一边从额头到脸颊有一道直直深深的黑色疤痕，特别是眼睛，因疤痕而变得可怕起来。因为一条怪异的疤痕把一只好端端的眼睛从正当中破开，眼睛在十字疤正中间突兀出来，眼白灰森森的，几乎看不到黑色的眼球儿，样子活脱脱像是传说中的魔鬼。

　　女人从外婆处借到了蛋，走过来用手摸摸我的头："外甥女，吓着你了吧?"尽管那手很温柔,声音也很柔和,但我还是吓得轻轻地哆嗦了一下。也不知她有没有发觉,反正她在那儿站了一会儿就走了。

女人走了,我被狠狠地教训了一顿,这么没礼貌,这么不懂事。过了好一会儿,我的心平静了,就问外婆她怎么那么可怕?外婆怜爱地一把把我搂在怀里说:"人家可是捡一条命吃秋茄的。"外婆的话说得我更是一脸的茫然。

别急,我的傻孩子。让我把田婶的事慢慢地向你说说吧!中华人民共和国成立前,因为家里穷,她两岁的时候就被地主家捡去做了童养媳。据她说地主一家对她很好,就像亲闺女一样对待她。就这样她无忧无虑地长到十三岁,那年麦子黄时,这里解放了。

这时,地主的田地财物被分了,地主怕这个从小养大的儿媳妇会飞走了,就急着要还没做大人的(指没发育好)她跟那个有点傻乎乎的儿子结婚。她是个聪明的女子,死活不依。地主一家对她是好话说尽,好办法用尽,她就是摇头拒绝。逼急了,就跟地主吵,因为她知道解放了,婚姻可以自主了,她有这个勇气来与地主对抗。

这天,她又因为不同意结婚,被地主用竹子打,这次地主打她打得很重,忍不住痛的她与地主对打起来,结果地主火了。"连你也敢这样对我,这太气人了!别以为有人给你撑腰,你就什么也不怕。你敢不跟我儿子结婚,我就杀死你。要不这些年的饭被你白吃了,到头来你还去别人家里做老婆。"地主说着,丢了手里的竹子,一手拉着她进了厨房,随手拿起了灶台上的菜刀,红着眼要杀她。她吓得大哭,大叫救命。正巧上面来的干部黄梅路过此处,听到叫声就冲了进去,并大叫道:"不许杀人,我是乡里的党支部书记。"

地主看到政府的人都来了,想自己的儿媳肯定要泡汤了,就对着女孩下了狠手,一刀砍了下去。

黄梅干部奋不顾身地冲过来,同地主搏斗起来,杀红了眼的地主放开田婶,对着黄梅就是一阵乱砍。田婶得救了,年仅二十岁的黄梅却被地主活活砍死了。后来,田婶的脸上就留下了一道难看的疤……伤好后,她被送到娘家,再后来,就嫁给了不嫌她丑的田平湖,大伙儿开始叫她田婶。

"那我以前怎么没看到过她?"我问外婆。

外婆说:"田婶是几个月前搬到这儿来住的。"

第二天,天气晴朗,这个南浦溪畔的美丽村子沉浸在一片明媚的春光里。我在外婆家门口再次遇到田婶,当我拿眼偷偷看她时,她马上用一只手把半边脸遮住对我说:"昨天吓着你了吧?"我摇头。她看了看我,愣了一下,笑了,那笑还真有点像妈妈的笑,很美,很美。从那以后我就不怕她了。田婶看我对着她直笑,走过来拉着我的手说:"到我家里去玩吧,家里有和你差不多大的孩子。"我到田婶家里,她家真的有五六个小孩,大的比我大几岁,小的还在吃奶,田婶给我甘蔗、粿子,却不给她自己的孩子。

后来,只要去外婆家就要去她家玩,一次在她家大厅的供桌上我无意中看到了外婆说的那个叫黄梅的灵位。见我好奇,田婶就走过来,搂着我的肩膀说:"闺女,这个黄梅就是替我死的那个人,她当时是来这儿看土改的进展情况的……可以说是党救了我。"

年少无知的我,仗着田婶对我好,就没头没脑地问起话来:"那个地主呢?"一提到地主,田婶眼里就露出一丝仇恨来,她用那很难看的眼睛看了我一眼,然后轻轻叹了口气:"他被枪毙了。"我又打破砂锅问到底地继续问道:"地主婆和她傻儿子呢?""我养母,也就是你说的地主婆被批斗死了,儿子还活着。"

一听说那傻子还活着,我更是好奇了:"他娶媳妇了吗?"

田婶摇了摇头:"那样的人有谁会嫁他呢?天底下多少健康的都打单身。"

"你恨他吗?"

"哪会恨他?他是个傻子,人很好的,我把他当哥哥来看,只要有空,就会到他家里去帮着洗洗补补,那样的一个人也苦!"

田婶,好人一个。

爱的清香在流泻

　　暑假回家，雨儿吃饭时不吃青菜，母亲停下筷子，拿眼睛无限爱怜地看看她，摇摇头说："你呀，真是身在福中不知福，不吃青菜怎么行？看看回龙寺的那个女孩，就知道什么是苦了。"听外婆这么一说，雨儿就睁着一双明亮好奇的眼睛一个劲地问，然后，静静地坐在饭桌边，听着好像很遥远的故事似的，只听外婆说："四年前，回龙寺里来了一个只有四岁的女孩，成天在寺院里没有一个玩伴。吃饭时，一点荤腥也没见过，也没有零食吃。更苦的是，秋天来了衣服都没得穿……"

　　我记得，那是个深秋的早上，母亲早早起床，做好早餐，就同本村张老太太踏着薄薄青霜，冒着秋日山野特有的寒风，赶往回龙寺去了。

　　到了八点多，母亲又折回来了，这让我多少有点惊讶，一般到寺院去做义工，都是要到天快擦黑时才到家的。"今天是怎么啦？"我刚开口，母亲就对着我唉声叹气起来。一向不喜欢把痛苦向我们诉说的母亲一反常态，让我心生疑惑，谁给善良的母亲气受了？

　　母亲没有时间回答我的话，只是急急地推开房间的门进去。我紧跟其后，她这才说："那寺里今年夏天来了一对父女，男的三十岁左右，女儿只有四岁，很聪明、很可爱的一个孩子。听那男的说，女孩子的母亲跟别人走了。走就走了，把那女孩带走也好，做母亲的也狠心，把女儿丢给那样的男人。一个大男人，年纪轻轻的，老婆走了，也不在家里做事了，却带着小女孩来这寺院，帮着种种菜什么的，混碗饭吃。在那样的地方，大人倒没什么，小孩苦啊！今天，这降霜的天，我看见女孩还穿着夏天的单衣，弓着小小的身子，坐在灶膛前，冷得瑟瑟地发着抖，小脸冻得黑黑

207

的。问她怎么不穿厚点的衣服，女孩不说话，别人悄悄告诉我说没衣服。早上看到下霜了，一老尼姑拿了一件自己穿的灰色毛衣，女孩死活不穿。听完这些，我心里难受，跑去问那个父亲，谁知他竟然有脸说没钱买衣服，这话也说得出口！就是真没钱买也会到周围村子向人家要几件旧衣服啦，不做事又死要面子！这是第一天下霜，以后还有更冷的日子，也这样让她穿单衣？心真狠！孩子冻着，生病了怎么办？那男的不说话……我去过那儿好多次了，也没有一次听他说女儿没过冬衣服，这样的人不配做父亲！"母亲急急地把想说的话都说了。

"虽然我们农家孩子的衣服都是一些平常衣服，也旧了点，但是御寒还是可以的。"母亲边说边翻箱倒柜，找涛儿和外甥女穿小了的衣服。我也深深地为女孩的处境担忧起来。不一会儿，我和母亲就整理了两蛇皮袋小孩的旧衣服，随后母亲找来带子，把袋口扎紧。她边扎袋口边说："有这些旧衣服就不会被冻了，我可怜的孩子。人出生真是要会找好门下（意思是要会找好父母），父母会挣钱的人家，孩子都像宝一样。苦的人，竟然连衣服也穿不上！"母亲是个虔诚的佛教徒，三十几年前就在回龙寺皈依，自有佛陀悲天悯人的慈悲心肠。

接着母亲又从门后拿来一根一米多长的光滑的木棍，挑起那两袋衣服上路了。为了一个孩子，母亲选择翻山越岭，不知疲倦，只要她能做的都会尽心尽力地去做，多平凡而伟大的母亲！

不论谁有难，只要她能帮到的，都会帮人一把。记得小时候，某天村子里来了一个妇女，说是被人贩子骗出来的，借机逃出来后，身上没一分钱。于是，村子里的人，你一毛、他三毛的，拿钱凑路费给那女子回家。在那个缺吃少穿的年代，母亲一下子拿出了两斤粮票和五块钱，她把刚从生产队里预支的钱（也就是我父母两个人的钱加起来）和原先省下的钱全给了，这在当时可是一笔巨款啊！母亲可是村子里最节俭的人，穿的衣服是补了又补，就是现在，每每到七八里的墟上卖苦菜，小笋什么的，都舍不得花一元钱坐车。

母亲的大方引来了流言蜚语。那时我家叔叔还没娶亲，村民们就私下里说，母亲动机不纯。母亲听后生了几天闷气，后来也不知是谁开导她："别人爱怎么说就怎么说吧，那女子已回到她那遥远的湖南去了。"

望着快七十岁的母亲为一个与自己毫不相干的孩子，情愿多走十几里山路，我早已肃然起敬了，可嘴上却忍不住说："累不累呀？不会等晚点回来时，叫那个男的跟你一起来拿？"母亲笑笑说："那女孩不是要多冻一天！"为了别人，母亲总是这样振振有词。"再说，那个男人懒都懒死了，是个懒汉，真叫他还不一定来呢！还不如自己跑一趟。"母亲又这样解释了一下。记忆中母亲从来没有看不起谁的，这一次破天荒地对一个年轻人鄙视起来，看来那个男人真是太不争气了。

　　我冲着母亲挑担的背影说："您呀您，叫我怎么说呢？"听我这么说，母亲回过头来宽厚地笑笑。母亲的身后是一大片还没收割的金色稻田，太阳的光辉洒在稻田上，一片金灿灿的柔和，阳光中的母亲像秋日一望无际的金色稻田般朴素、厚实、平静，带着浓浓稻香在年复一年的沉默中，芳香自己的同时也芳香着别人。母亲的形象因默默无闻、不求名利地做着善事而高大……

　　那一刻，我感觉有一种爱的清香在心里温馨地倾泻……

那些铺设在我梦境的梨花

读着陆游写的"粉粉清香自一家，未容桃李占年华"这样的诗句，自然而然就会想到自家后花园中那棵高过屋顶的梨树来。春风一度后，那棵树的枝头上就会冒出千朵万朵的花儿。只要打开阁楼上的小木窗，就可近距离地观看独自撑起一片冰清玉洁天空的梨花了。

每每望着那些如公主般高贵、素雅、鲜活地绽放在簌簌风中的花朵，女伴们总要充满激动地说："你的阁楼真好，真美，真像古代小姐住的地方!"听得我心里乐滋滋的。女伴们的话说对了一半，在那容易伤感的初春，是这满树洁白可爱的小精灵陪伴我走过那些乍暖还寒的日子，让一颗有点单薄的心经受住了尘世风风雨雨的无情侵袭，懂得用坚强去穿越荒凉、沼泽……用日渐丰满的羽翼为快乐、为痛苦飞翔。

女伴们看到的或许只是梨花的静美，她们无法知晓的是窗前的那一树梨花，用它娉婷的美，曾经构筑起一个山村少女多少关于青春的、绮丽的、纯净的梦。那时节，花开的那一段时间，在青春乍醒的萌动下，心底幽幽地冒出一缕缕无愁却强说愁的冷漠与惆怅。年少的冷漠与惆怅好似片片梨花零落在时空隧道里，那是一种让人看不见、摸不着，也道不明的轻愁。

梨花开得最旺的时候，我总喜欢一个人站在远处田畴绿茸茸的草地上张望，数万朵层层叠叠、团团簇簇的花像堆雪一样把整幢房子都密密匝匝地包裹在纤弱娇嫩的花丛中。明晃晃、暖融融的阳光下青色的屋顶，金黄色的土墙，与婀娜的花隐匿于季节的最深处。一幅古朴、宁静的绝美画卷，带着妙不可言的诗意，常常在不经意间铺设我微寒的梦境。

这些三月里默默开放的梨花，多像生活在乡村的清纯女子。它们于贫寒、苦涩的日子里，独自舞着、笑着，用一种简简单单的高雅之美，渲染乡村特有的明净，把生命的美好张扬到极致。

梨花的飘落，往往是在一场或几场风雨过后。枝头上那些白得无瑕、不食人间烟火的花，像是完成了某种特殊使命，纷纷要去赴下一个约定似的，烟雨朦胧中，开始摇摇晃晃，如一只只破茧而飞的美丽的蝶，带着曼妙的舞姿，尽情地舞着、飘着，最后泪落尘埃，把冰肌玉骨铺满一地。

一时间，满目破碎凄凉，如风过后的空旷，让独立阴影下的我，多少感到黯然失意。这梨花满地深闭门的时刻，最容易让多愁善感的人想起"寂寞空庭春欲晚，梨花满地不开门"之类的凄凉的诗句来。透过片片落花似乎能看到古代皓腕凝霜雪的美人可悲的身世，以及她那无依无伴，与世隔绝的悲惨处境。"砌下梨花一堆雪，明年谁此凭栏杆。"诗人秉烛独饮、吊影自伤、愤懑无告、寂寞悲凉的境况也会时时涌上心头。望着缤纷的梨花，时而仿若自己就是诗中的女子，时而又觉得是那客居他乡孤独苦闷、疾病缠身、愁思郁结，只能借酒浇愁，聊以自慰的诗人。

好在我的梨树不像我这般没出息，深知凋零的只是花朵，而不是春天。它像朴实无华的农家女，绝对不会有"一树梨花一溪月，不知今夜属何人"那种归程无计的苦闷忧思；更不会产生孤寂愁苦、有家难归的游子漂泊无依的无奈和伤心的轻叹。它们在落尽繁花后，很快就长出一片片细小的叶，叶子随着日子一天天长大，一天天由嫩绿变得深绿。某一天，密密的叶子的缝隙里就会挂出无数纽扣般绿莹莹的梨子来，让人不得不惊叹生命的顽强和不可思议。

一窝鸟蛋

刚走出办公室的门，远远地望一眼教室的门口，一大丛小小的脑袋长长地从教室里伸长出来，如一群探出头等待外出觅食父母归来的小鸟。

这些孩子，不知说过多少遍了，上课铃响后要坐在教室里准备好学习用具，等老师来上课，怎么这样不守纪律？看我快走近了，刚才还齐刷刷向外伸着的头倏地不见了，等我走进教室的门，他们已如变戏法似的一个个端正地坐在各自的位子上。那一脸的严肃中有种掩饰不住的喜悦与激动在闪现。凭经验，一定有什么特别的事在等着。

站在教室门口，将教室扫了一眼，发现一张张小脸蛋上连眼睛都在笑，显得特别的兴奋，连空气中似乎也含着许多快乐的因子。只是他们个个使劲抿着嘴，努力不让自己笑出声来。今儿个怎么啦？碰上什么喜事或快乐之事了吧？

当我走到讲台，要放下手中的讲义夹时，才明白了刚才所看到的一切——哦！原来有点破旧的桌子上，端端正正地放着一个碗形的鸟巢，鸟巢里有六个比鸡蛋略小的鸟蛋，静静地在我的眼前泛着青青的光芒。刚才把注意力放在学生身上，没发现讲台上的东西。就在我眼睛看到鸟蛋的那一刻，教室里爆发出了一阵抑制不住的快乐欢呼："老师！老师！……"有的还举着双手，情不自禁地从位子上跳起来！

在孩子们连连的叫声中，我感觉有股暖流一直往上涌，有一种叫感动的东西就像此时窗外照进来的阳光，暖暖地沐浴着我的全身，让我感动得全身的血液都沸腾起来了。一时间，仿佛回到了童年，回到赤着小脚丫漫山遍野地寻鸟蛋，好不容易寻到一窝时也这么欣喜若狂的日子。

一刹那的欣喜，心马上冷静下来，不行，我不是学生，在要上课前不能跟学生一样无节制地兴奋。又马上想到，不行！平时是怎样教育孩子要保护环境、爱护小鸟的？今儿我是怎么啦，让几个鸟蛋给冲昏了头脑？于是乎，刚才还阳光灿烂的脸马上变得乌云密布起来。随之一教室兴奋和激动的表情，和那些充满童真的欢呼，好像一下子遇到了冰霜，凝固了。其实孩子们都是观察老师表情的高手。随后他们一个个端坐着，一双双大眼睛就那么静静地望着我。

"谁让你们这样做的？"这时我有点不近人情的声音在静得出奇的教室里飘着。

这时，几个男孩带着有点害怕的表情怯怯地站了起来。站着的一个个耷拉着脑袋，坐的紧紧地闭着嘴，瞪着眼看事态的发展。我的目光逐个将他们看了一眼，有个男孩嗫嚅地说："中午我们几个到后门山上玩，看见一窝鸟蛋就把它端来送给老师。让老师补补身子……"

我打断了他的话："不是说小鸟是我们人类的好朋友吗？"看他们一个个都好像有悔过之心了，我的语气温和了一点，接着说道："放学后从哪儿拿来的送到哪儿去！好吗？"几个站着的孩子点了点头。

谁知我的话刚说完，坐在一角的婷婷就叫起来："老师，老师！小松的身上还有一个。"挂着一脸汗珠的小松只好从口袋里掏出一枚蛋，再长长地伸出手，把蛋放在我的手上。正在这时，隔壁教室一年级同学朗诵《两只鸟蛋》的声音清晰地传了过来："我从树上取下两只鸟蛋，小小的鸟蛋凉凉的，拿在手上真好玩……"

听着孩子们的朗诵，望着手中的蛋，我的脑子里浮现出屠格涅夫《猎人笔记》里的那只勇敢地同庞然大物——猎狗搏斗、奋不顾身地保护小麻雀的老麻雀的身影来。我问："你们想过没有，当外出觅食的鸟爸爸和鸟妈妈回来后发现它们的宝宝没有了，连巢也不见了，它们会怎样？"

我这一问，还真有点一石激起千重浪的意思，一时间学生七嘴八舌地说："鸟会伤心的，会像我们人一样哭起来的，会到处乱飞去找它的宝宝的，因为它们连窝也没有了，好可怜的……"

"好吧，大家坐好，我们开始上课！"

放学后，我陪着那些学生，把那一窝鸟蛋送到了原来的地方，我曾听说蛋一旦被人摸过就沾上了人气，鸟就不会要了，可我还是让学生送回去了。

后来我一直在想，我这样做是不是太不近人情了，小时候自己也曾掏过鸟窝。但身为老师的我要让孩子们懂得每个生命都是值得尊重的。

我是 "作协" 的

　　小时候母亲在繁重的劳动之余还得为全家人做鞋,把旧衣服或破布,一块块剪下,用米汤糊成厚厚的袼褙,叠成鞋底,用自己种的苎麻绳,在艰辛岁月里一针一线地纳着。母亲做布鞋的样子,如生花妙笔,在我生命里刻下永远的感动与美丽。那份温暖的记忆太深了……

　　如今年岁大的母亲早已不做鞋了,而我却对做鞋情有独钟起来。先前是用旧毛线钩,钩出来的鞋硬邦邦的,好虽好,穿着却不够温柔。后来学会用毛衣针打,双面的里面还可放进一些旧棉衣片,这种鞋柔软、舒适,唯一不足的是穿着穿着就自己长大了,总有一种卖火柴的小女孩穿妈妈拖鞋的感觉。从前年才开始用穿旧了的衣服做鞋,这鞋做出美观大方,穿起来更是暖和得不得了。

　　做鞋也会成为习惯,一到秋末冬初,就跃跃欲试。这个秋天,妹妹估摸着我又要做鞋了,就先打预防针:"千万别做了,就是真的做了,也别拿到我家里来,放不下了。"尽管妹妹这么说,但我还是忍不住要做。工作之余,笨得连麻将也打不来,舞又不想去学的人,不做鞋能做什么呢?在这个世上,对于一个一无长处的人来说,做鞋不但能有一份成就感,而且只要看到父母穿着我做的鞋,行走在人生的夕阳里,就会有种莫名其妙的幸福与感动,心里得意地想:这都是我的功劳!这时,生活的荒凉与孤寂,悲伤与痛苦都统统消失无踪。

　　千年古邑里,七贤过化地,有才华、能写锦绣文章的人能进作协。我辛辛苦苦写了几年,没一样像样的作品,连进县作协都不够格。何不用闲下来的时间躲在家里做做鞋,暗暗地美其名曰"坐在家里成'作协'"不是也很好吗？

　　每一双做好的鞋，都是我劳动的结晶，胜利的果实。摆在那儿，左看右看，就像大师在欣赏自己的绝世之作一样满足、幸福。迷迷糊糊之间，飘飘然地让愉快心情如叮咚流水，缓缓地流淌……

童年的果实

对大山有着深刻的记忆，既不是因为它的风景有多美，也不是因为它的传说有多神奇，而是因为那些一到秋天就开始鲜红或橙黄的散发着诱人香味的果实，让我深深记住了大山的美好，以至于现在只要想到了秋天，就会情不自禁地想起那些挂在枝头给我的童年以无限乐趣的大山的果实来。

在我们这儿，到了秋天，站在苍苍茫茫的大山脚下，抬头望去，那些昨天还是一脉青绿的山，一夜之间，仿佛就被哪位丹青妙手涂画得色彩斑斓，美丽得让你从心底里产生一种要走近她的渴望。

秋天的山上，有着漫山遍野铺陈在地上让你拾也拾不完的金灿灿、圆溜溜的榛子。这些榛子在饥荒年头给农人以生存下去的勇气；风调雨顺的年景，是人们酒足饭饱后的可口点心。它可是农人心中的至宝呀，农人扛锄在肩时嘴里嚼着香甜的榛子，似乎这样就可以忘记了常年风里雨里劳动的辛苦。灯下一家人围在那儿慢慢地品着榛子那淳朴而原始的味儿，就像在品尝着一种最真实、古朴的生活！

还有那很随意地挂在灌木丛上面的一挂挂黑紫色的葡萄，只要见了这些，保准你还来不及张开嘴，就开始口舌生津了。这时，你会恨不得把全山的野果都一口气吞到肚子里去才过瘾！更有趣的要数那毛茸茸、软绵绵的毛桃了，它们一个个穿着厚厚的灰白色的秋装，顽皮地躲在大大的叶子下面。看着东张西望寻觅它的小朋友们浑然不觉地从它的身边走过，毛桃便在那儿偷偷地笑着！

青藤上一个个叫芽藤包的果实，就如同一枚枚手榴弹，高高地挂在大树杈的上面，让胆小的人可望而不可即，却随时等待着勇敢的人们爬上大树拉开它们身上的"导火索"。一旦有人爬上了树，那些果子就会乖乖地、一个接一个地从高空降落，一阵咚咚悦耳的声音响过之后，就可以把它带回家去，慢慢地享受它的美味。

别的山果怕严霜拷打，唯独一种叫冬须子的黑色果子，长就了一副铮铮铁骨，越是经霜打越好吃。空闲时带上一个小竹箩筐到山上，一打就是十几二十斤，让村子里一个个大人小孩吃得嘴唇、牙齿黑黑的。于是，我们常常会一方面比谁的嘴和牙更黑，另一方面又互相"黑嘴狗，黑嘴狗"地叫着，很是有趣！

爬上山顶，我们与一股清心的香味撞了个满怀。不知谁眼尖，看到不远处的一棵柿子树上亮着无数的小红灯笼，那仿佛是秋天特地为我们点上的灯盏，引领大家的脚步走向秋的深处。一群贪婪的孩子，内心的欲望被彻底点燃，我们欢呼着、高叫着。大家顺着山冈，手脚并用地往上爬，动作快的占据了有利的地盘，猴子般"嗖"地一下爬到树上去了，枝干摇曳间，后来者仰起了头，"啪"一个大柿子不偏不倚在他的脸上开出了一朵金黄色的花儿，立时周围开始清香四溢。于是，尖叫声、嬉笑声高过秋日晴朗的天空。啊！人间所有美好的快乐都在这山谷里悄悄藏着呢。

风从层层叠叠的树梢吹来，聆听着脚下落叶窸窸窣窣的声响，感觉到同大山交谈的亲切，心底流淌着的是亲近自然的愉悦。穿过厚重密匝的树林，宛如一群翩飞的快乐小鸟，久久地在大山的上空飞翔……

秋天绚丽斑斓的色彩是热闹的，秋天的野菊花是淡泊、与世无争的。静静的秋夜里，坐在一盏灯下想起这些。耳边犹如听到大山微笑着向我喃喃诉说那地老天荒的故事。风如一曲幽远的天籁漫过我的指尖，溅起一地的温柔和甜蜜。一脸的沧桑，就这样被忆起的秋之喜悦填平，心一片安宁。

缀满栀子的天空

没事时，喜欢到山上走走，就像走亲戚一样。常在山上走，所以见过不少长在山间地头的栀子树。可是，今天见着的一棵却因为很特别，让我有种别样的感觉。

山冈上，远远的，一棵缀满金黄色果实的树，满怀喜悦地站在那儿。开始时我以为是金橘子树，可心里又疑惑着：谁会把一棵金橘子树孤零零地种在这荒山野岭的灌木丛中呢？同行的林老师却自言自语地说："不会是金豆子树吧？也不像！"

走近一看，才恍然大悟，原来这是一棵高过我们头顶的栀子树，绿绿的叶片上，那么多朝上长着的栀子，全都张开着萼片，仿佛在对着苍天呼喊："有没有人看到我金灿灿的果实呀！"

这果实真是太多太多了，多得让人都有点不敢相信自己的眼睛了。天啊！从来也没看见过这么多的栀子，有两千多个吧！栀子树呀栀子树！你太有本事了，领着你的一大群儿女，是不是如席慕蓉《一棵开花的树》里写的一样，长在某个人必经的路旁，等待着一场美丽的邂逅呢？

因爬山而累得汗津津的小雨，高兴得在那儿又是拍手又是跳地叫着："我要采。"她的话还没说完，脚不知被哪根草绊了一下，跌倒了，把山坡上的枯草滚倒了一片。惹得我们大笑起来："一颗最大的栀子落下来了！"这笑声让一向波澜不惊的栀子树也感动了吧？你看它正在那儿颤巍巍地动着呢，仿若一幅绝世的画，要把那永恒烙在我们的心上。

暖暖的冬阳正照着那棵栀子树，也照着我们，四周寂静极了。这时有风微微地从对面山头吹过来，隐隐地从遥远的天边传来《栀子花开》的音乐。沉浸在这一片天籁般美妙动人的音乐声中，我想，栀子树在山冈上经受着风雨的侵袭、霜雪的摧残，却依旧生机盎然。春天来了就沸腾着开满整个树冠的洁白花朵，该是何等声势浩大的盛况啊！

可是，在这层层叠叠的群山顶上，在这密密麻麻的灌木丛中，谁会看得见它那渺小的绿、洁白的花、丰盈的果呢？可以说，在这喧嚣的尘世，它是注定要被忽略的。可是它似乎没有什么怨言，历经千年的等待，今天，终于用那一粒粒向上立着的金黄色果实，成功地点燃翻山越岭而来的眼睛。这擦肩而过的美丽、缀满栀子的天空，让我的心旌不由得摇曳起来。

记起在网上看过的一篇不知是谁写的《栀子花开》的散文，那确实是一篇好文章。把栀子花的美及它的药用连同作者的心情都描写得淋漓尽致，读那文时就被它深深迷住了。但是我心中明白，作者写的栀子花绝不是我日常见到过的花，一定是被人用心地种在庭院或花园中的那种变种的栀子花。而这些在山野里开花的栀子，就像山间女子一样，没有世俗的千娇百媚，也不必为了迎合谁的笑脸而盛开，花开花落全都是自己的事。再说，乡民们也没有闲心去观赏什么栀子花，他们要的是栀子的果实，因为它的食用价值比花更高。

小时候，看到村里的一些大人用栀子做染料，把在孝场里穿过的白球鞋染成黄色的，这样穿去劳动就不容易脏了。而我们小孩也从这里受到启发，将黄栀子捣碎，和一些叫不出名字的红色、紫色的野果的汁液混合在一起用来画画。躲在白云蓝天下的小山村，画着幸福的童年，内心无比温暖和快乐。神奇的图画装点了世界，也装点了乡下孩子的人生风景。虽然，那一幅幅别出心裁的画，早已不知被风吹到哪儿去了。但是，它还留在我的记忆里没有丢失。每当回首往事时，那些曾经充满童趣的美丽总会笑盈盈地向我走来。

那一次，我牙痛得夜里睡不着觉，母亲知道了，连忙爬起来，随手从一个抽屉里摸出几个栀子，放入锅里炖了一碗黄澄澄的汤水让我喝了下去。还真神了，过了不一会儿，牙不疼了，我静静地睡着了。

后来还知道，栀子的另一个妙用就是小孩受惊吓发烧时，把栀子打碎绑在手脉处，既可去惊又能退烧。原来毫不起眼的栀子，几百年前就躲进

220

李时珍的《本草纲目》里去了。书上写着栀子有清热泻火、凉血解毒等功效。想不到俺们一不小心就走进了名著里头，活学活用起来了。

啊！栀子还真是个好东西呢，它能为我们解除一些尘世的苦痛，也能为我们的生活带来意想不到的欣喜。难怪一看到栀子，总记着要将它采回来。

身后菊花淡淡香

衰草荒烟，举目千里，秋肃杀、凄凉。心儿在辽阔的天地间驰骋，时而沉重，时而轻松。眼前展现的画卷云淡风轻、旷野荒原、风呼林啸、落叶飘飘、寒鸦点点，四周一片寂静。怀着些许落寞与孤寂，带着朦胧的希冀走进旷野。

一丝忧伤，悄然袭来，如落叶般轻轻地散落满地，空气中，渐渐浮起一层淡淡的迷雾，若有若无，似在等待一个不期而遇的惊喜。

微风拂过，乡村路边的小树发出天籁般的声音，仿若窗前那串紫色的风铃，悦耳、悠远、温柔，散文诗似的清隽飘逸。

晚霞中，一株充满生趣的淡紫色的菊花，在枯草丛中醒目地摇曳着，姿态曼妙，成为寂静田园最后一抹亮丽。无边旷野，弥漫着一种淡淡的香，心在此时莫名地湿润起来。蓦然间，感觉有着丝丝的温暖滑落心田，像是天空里飘落下的阳光，穿过季节的变幻，滋润着一种柔软，于是，微微醉着。

那菊仿若某个美好故事中的寂寞女子，在金黄金黄的夕阳下，远道而来，叩响眼前这一片沉睡的心灵！

原以为经历了太多人生风雨，早已看惯了世俗的云卷云舒。一颗粗糙的心，再也没有什么感觉了。可是，一株菊细小的美，却在我精神的家园里蓬蓬勃勃地生长，演绎着它的姹紫嫣红。

此时，不知是我站在这儿等菊，还是菊花站在这儿迎我，或者说菊是在等待红尘深处一双明如秋水的眼睛来读懂她隐去了所有辛酸后，又层层包裹起来的似水柔情。

回眸的瞬间，于心灵的苍茫、邈远、落寞、无奈处，望见幽远的时光之下，披一袭暗香，藏万千心事的易安居士正把酒临风。拂袖间，薄薄的青衫广袖里，纷纷落下一朵朵或红或白的花。顿时，一株株、一丛丛浅浅出尘的菊，染黄了唐诗宋词的天空。

　　"人比黄花瘦""宁可抱香枝头老，不随黄叶舞东风""采菊东篱下，悠然见南山"等诗句，在绮丽的晚霞中飘散开来。

　　凌霜而开，西风不老，一身傲骨，这些种在千年文字里的菊，古往今来让多少人徜徉、沉醉，又有多少人从菊的生命辉煌中感悟到秋的真正含义。

心中的昙花

知道昙花一现这个成语，也知道美妙绝伦的昙花是在月夜下开放的，而且其绚丽的生命十分短暂。同样知道昙花的美是冷艳中的悲、素净里的纯，令人心碎，也让人遐想，它的美给人的是一种超凡脱俗、神秘莫测的激动！可是，我总无缘一亲芳泽，最多只是在电视或网络上一睹昙花惊鸿绽放。

于是，脑子里时不时幻化出千万种昙花盛开的情景，一朵朵想象而出的冰清玉洁的昙花，是那样鲜活地开在我的面前。仿佛还有一种淡雅的香透过沉沉的夜，随着如水的月光飘到我跟前。那香是那样的高贵典雅！不似梅的清香，也不似桂的浓郁，暗香浮动中自有一种与众不同的韵味，在周围萦绕。

年轻时始终无法明白昙花的个性。它经过漫长等待，经过日积月累积蓄孕育，却只为短短几小时的辉煌，甚至就连这几小时的花期还要选择在夜深人静的时候。为此，总在心里为昙花感到惋惜，甚至还有点愤愤不平。昙花！昙花！你何苦呢？以你的完美无缺，完全有能力艳压群芳，完全可以到百花丛中去一斗芳菲，完全可以用你那无与伦比的高雅气质去征服世界！

随着岁月的流逝、年龄的老去，我才渐渐懂得，造物主没有错，昙花更没错。它那不平凡的一现是何等的秀美！为了那一刻的绽放，昙花积蓄的又何止是岁月的精华与心血？这其中还包括昙花含蓄、低调、淡然处世，以及不事张扬的美德。

都说昙花一现恍若一梦，其实世间万物不都是如此吗？越珍贵就越脆弱，也越短暂。就如我们的青春年华，在时光的长河中，不也如昙花一现吗？在人的一生中，能如昙花般拼尽一生的力气，开出别出心裁的花朵，哪怕没人欣赏，只要自己盛开过、美丽过，也就够了。

我家梨树

隔着时光，对着那些梨子，静下来等待，体验着生命成长的精彩与激动。不知不觉中，已入冬了，我却想起那个梨子收获的季节，想起我家的梨树。

农历七月，是我们的梨子节。那时，姐弟几个有一个多月的时间是在拼命吃梨子中度过的。生的吃腻了，就吃熟的，吃法很简单，就是将梨子的皮削了，切成小块，放入冰糖，炖熟，既好吃，又可治咳嗽。父亲见了总要笑着说："几条梨子虫吃梨子这么厉害。"而母亲则天天抱怨："做下的饭又剩下好多了，不吃饭，多可惜啊！"

我们在一旁暗暗地笑，梨子虫也好，不吃饭也罢。还不是因为家中的梨树种在鱼塘边，水分充足，梨子一个个长得虎头虎脑、水灵灵的。大的梨子一个有一斤二三两重，吃进嘴里脆脆甜甜的，好吃得让人不知道世上还有什么别的美味了。至于饭，更是可有可无的，难怪母亲要抱怨了。

据说梨子可做成梨子膏、梨子羹，还可酿成梨子酒。但梨子更让人称奇的是父亲讲的治好不治之症的故事。

从前村子里有个人得了一种怪病，请了许多医生来看，都说是不治之症，弄得病人十分悲哀，整天在那儿唉声叹气。有一天村里来了一位游方医生，那个得了怪病的人不死心，抱着一线希望找那位医生看病。这位医生看了病人后说："要治你这病其实也很简单，你只要买上一船的梨子，然后吃住在船上，等到那一船梨吃完了，你的病也就好了。"那人听了后心想：死马当活马医吧！只要有一线的希望也要试试，何况梨子也不是什么昂贵的水果，穷人还是买得起的。待到梨子熟了的季节，他果真按医生说的，租了一条船儿，系在河边。然后买了满满一船的梨子，自己天天躲在船上吃梨子，从不下船半步。等到一船梨子吃完，他的病果然奇迹般好了。

再说我家那一树梨子，丰年时至少也有一两千斤，自己吃，再送一些给左邻右舍，其余的就是拿去卖。卖得的钱给我们买本子、颜料等学习用品。

梨树，我家的梨树，滋润过我们无数艰难困苦日子的梨树，无论岁月怎样更替，无论我身在何处，记忆深处的你总是那样亲切，那样温情脉脉，那样令人难以忘怀。

陈 老 师

记忆中教化学的陈干老师额头较小，下半部脸略大，长着一个夸张的大鼻子，样子有点像动画片《大头儿子小头爸爸》中的那个爸爸。

当然，陈老师最与众不同的地方是他会织毛衣。这本是女人干的活儿，他却做得不亦乐乎。据说一家人穿的毛衣都是他一手织的。这让少女时代的我们感到很是新奇！在那个缺少知识的年代，我们不学习文化知识，一大群女孩子却时不时地去问他毛衣的织法，就像乞巧节时向织女乞巧那样。每每这时，老师总是不厌其烦地教我们。

我们这些新手，在这编织高手的指导下，几乎个个都成了织毛衣能手。从此再难再复杂的花样也难不住我们，也可以说，强将手下无弱兵吧！

陈老师是教化学的，记得后来也给我们上过地理课。化学是一门枯燥的学科，没有什么人爱学。课堂上，尽管他讲得很卖力，但我们就是不听，还躲在下面做小动作，偷偷地钩围巾、枕巾什么的。现在回想起那些虚度光阴的日子，后悔得只有一次次地读着"黑发不知勤学早，白首方悔读书迟"来减轻内心的悔恨。

老师有三个小孩，一男二女，听说男孩在财政所工作，两个漂亮女孩呢？我不知道她们做什么工作。我在学校读书时，师母远在一所距离中学有二十里的村小教书。每个星期六下午回来，星期一一早上去，拖儿带女的很不容易。

有一次，老师送师母到大樟树那儿坐车，结果因为汽车很迟才来，陈老师回校上课迟到了。坐在教室里的我们，看着他匆匆进来。一进教室，他就十分抱歉地对着大家说了一声"对不起",然后开始认真上课。记得那节课大家都听得很认真,大概是那句"对不起",让我们这些不学无术的人感动了吧。

一天黄昏,我们在操场上玩耍、打闹,老师不知从哪里买来一串小鱼,一个人在食堂门口的水池上杀着。那时是夏天,蚊子特多。他忙着杀小鱼,蚊子忙着咬他。要知道那些长脚蚊子咬人特别痛,也特别痒,急得他不时地用一只脏手在脸上、手臂上、浑身上下用力拍打,边打边骂:"死蚊子!这该死的蚊子!"不一会儿工夫就把自己弄得一身都是细小的鱼鳞。那些粘在身上的鱼鳞,在夕阳的余光里闪闪发光,让老师的样子很是滑稽。看到这一幕我们不吵不闹了,停下来,躲在一旁,透过那些柏树枝的缝隙偷看他,不时偷偷一笑,他却浑然不知,依然边杀鱼边拍打着自己。

恢复高考后,老师调到一所距离城里较近的学校,这样我就好多年没见着他了,是一场大病让我们师生又见面的。那时,我住院,陈老师因为中风住在我对面的病房里。陈老师书教得好,对学生也好,在他住院期间,每天都有好多学生来看望他。他的病房因有学生络绎不绝地来,总是十分热闹,充满着生气,弄得许多病人羡慕不已。我呢?有空就会坐在老师床前,陪他说说话,回忆一些从前的人和事。师生两人,就这样打发那些沉闷难熬的时光。

住院的日子在一天一天的艰难中、在一滴滴药水流进血管的痛苦里慢慢腾腾地过去了。过了一段时间,老师终于能在师母和儿女们的搀扶下颤巍巍地站起来了,并能在那条阴暗狭窄的走廊上走上几步。老师一步一颤地走着,那种执着、不屈,以及积极勇敢地面对病魔的态度,真让人感动。后来病情稍微好些,他就出院了。

再次听到他的消息,那是好多年后的事了。一个偶然的机会,听说老师已在几年前驾鹤西去,当时心里感到被什么割了一下似的,隐隐地痛起来。

本分是真，善良最美

（代后记）

知《行走的花朵》要付梓了，心里刹那间春暖花开。看来"付出就会有收获"，这话一点也不假。所有的艰辛，所有的付出，都在这一刻得到回报了。

当然，最最要紧的事，是请一位德艺双馨的文学家来为我的书作序。找谁写呢？当我跟李龙年老师说时，他非常爽快地答应了。这让我很感动，那么大的作家，肯为一个默默无名的人写序，这对我来说，是何等荣耀的事！

想想自己这些年来，利用业余时间拼命地读、写，一点一点积累，一步一步推进。然后向各类报纸杂志投稿，最后变成一本本书，且能被出版商看中。这年头，出书并不是什么了不起的事，很多人都出过，但我还是高兴，因为常规出版毕竟是写作人的梦想。

刚开始上网时，我不知道怎样保护自己的文章，写出来就往网上贴，结果一篇文章被云南某报刊登了。我费了许多心力，给编辑留言，编辑让我重新发一篇文章给他，没几天这篇文章便刊登出来了。编辑还给我寄了样报，虽说是样报，倒像一本画报，用的是铜版纸。那家报社有个用稿费资助贫困生的活动，我感念那位编辑的好，便把稿费捐了。之后，又有几篇稿子被发在各种杂志报纸上，我按照之前的做法，可是却没有一点用！

为什么用《行走的花朵》这篇文章的题目来做这本散文集的名字呢？一来，我觉得这名字充满诗情画意；二来，我的这篇文章被别人抢先发表了。虽然也曾打电话到报社说明情况，但并没有得到解决。

文章被盗多次后，我这笨人也学聪明了些，一般不会把没发表的文章贴在网上。不过若遇征文或报刊编辑选文，为了比赛，为了能上外地报刊，还得贴。我虽然写了许多文章，但若只是依靠邮件投稿，发表是很困难的。

还有一些人，自己不写文章，总喜欢把别人写的文章放在博客或贴到论坛上来获得大家的赞扬。对于这样的人，我一般安慰自己："算了，别去计较这些，就让我以身布施，养胖那些人吧！"

记得小时候，父母总是教育我们，岁月再苦也不要去做贼，做人、做文本分才是真，善良才最美。

但愿喜欢文字的人，都能用自己的笔写自己的文。努力了，就会有意想不到的收获。不信你们且看，那些正在行走的五颜六色的花朵，在芳香着我平淡日子的同时，还为我结出了一串串金灿灿的果子。